# Die Großmutter

Carl Heun

# Impressum

Autor: Carl Heun
Umschlagkonzept: toepferschumann, Berlin

Verlag: tredition GmbH, Hamburg
ISBN: 978-3-8424-1333-7
Printed in Germany

Ziel der TREDITION CLASSICS ist es, tausende deutsch- und
fremdsprachige Klassiker wieder in Buchform verfügbar zu
machen. Die Werke wurden eingescannt und digitalisiert. Dadurch
können etwaige Fehler nicht komplett ausgeschlossen werden.
Unsere Kooperationspartner und wir von tredition versuchen, die
Werke bestmöglich zu bearbeiten. Sollten Sie trotzdem einen Fehler
finden, bitten wir diesen zu entschuldigen. Die Rechtschreibung der
Originalausgabe wurde unverändert übernommen. Daher können
sich hinsichtlich der Schreibweise Widersprüche zu der heutigen
Rechtschreibung ergeben.

Tucholsky  Wagner  Zola  Scott  Sydow  Freud  Schlegel
Turgenev  Wallace  Fonatne

Twain  Walther von der Vogelweide  Fouqué  Friedrich II. von Preußen
Weber  Freiligrath  Frey

Fechner  Fichte  Weiße Rose  von Fallersleben  Kant  Ernst  Frommel
Richthofen

Engels  Fielding  Hölderlin  Dumas
Fehrs  Faber  Flaubert  Eichendorff  Tacitus

Eliasberg  Ebner Eschenbach
Feuerbach  Maximilian I. von Habsburg  Fock  Eliot  Zweig

Ewald  Vergil
Goethe  Elisabeth von Österreich  London

Mendelssohn  Balzac  Shakespeare  Dostojewski  Ganghofer
Lichtenberg  Rathenau  Doyle  Gjellerup
Trackl  Stevenson  Tolstoi  Hambruch
Mommsen  Thoma  Lenz  Hanrieder  Droste-Hülshoff

Dach  Verne  von Arnim  Hägele  Hauff  Humboldt
Reuter  Rousseau  Hagen  Hauptmann  Gautier
Karrillon  Garschin

Damaschke  Defoe  Hebbel  Baudelaire
Descartes  Hegel  Kussmaul  Herder

Wolfram von Eschenbach  Dickens  Schopenhauer  Rilke  George
Darwin  Melville  Grimm  Jerome
Bronner  Campe  Horváth  Aristoteles  Bebel  Proust

Bismarck  Vigny  Barlach  Voltaire  Federer  Herodot
Gengenbach  Heine

Storm  Casanova  Tersteegen  Grillparzer  Georgy
Lessing  Gilm
Chamberlain  Langbein  Gryphius
Brentano  Lafontaine
Strachwitz  Claudius  Schiller  Kralik  Iffland  Sokrates
Schilling
Katharina II. von Rußland  Bellamy  Raabe  Gibbon  Tschechow
Gerstäcker

Löns  Hesse  Hoffmann  Gogol  Wilde  Gleim  Vulpius
Luther  Heym  Hofmannsthal  Klee  Hölty  Morgenstern
Roth  Heyse  Klopstock  Kleist  Goedicke
Luxemburg  Puschkin  Homer  Mörike
La Roche  Horaz  Musil
Machiavelli  Kierkegaard  Kraft  Kraus
Navarra  Aurel  Musset  Lamprecht  Kind  Kirchhoff  Hugo  Moltke
Nestroy  Marie de France

Nietzsche  Nansen  Laotse  Ipsen  Liebknecht
Marx  Ringelnatz
von Ossietzky  Lassalle  Gorki  Klett  Leibniz
May
vom Stein  Lawrence  Irving
Petalozzi  Platon  Knigge
Sachs  Pückler  Michelangelo  Kock  Kafka
Poe  Liebermann  Korolenko
de Sade  Praetorius  Mistral  Zetkin

Der Verlag tradition aus Hamburg veröffentlicht in der Reihe **TREDITION CLASSICS** Werke aus mehr als zwei Jahrtausenden. Diese waren zu einem Großteil vergriffen oder nur noch antiquarisch erhältlich.

Symbolfigur für **TREDITION CLASSICS** ist Johannes Gutenberg (1400 — 1468), der Erfinder des Buchdrucks mit Metalllettern und der Druckerpresse.

Mit der Buchreihe **TREDITION CLASSICS** verfolgt tradition das Ziel, tausende Klassiker der Weltliteratur verschiedener Sprachen wieder als gedruckte Bücher aufzulegen – und das weltweit!

Die Buchreihe dient zur Bewahrung der Literatur und Förderung der Kultur. Sie trägt so dazu bei, dass viele tausend Werke nicht in Vergessenheit geraten.

*und legte es in Hannchens Arme.*

# Die

# Großmutter.

von

## H. Clauren.

## Wien, 1825.

Bey Anton v. Haykul.

Die längst befürchtete Nachricht vom tödtlichen Hintritte meiner guten Großmutter war eingetroffen. Die Ortsobrigkeit hatte mich, als den alleinigen Erben, aufgefordert, mich zum Antritt der Erbschaft persönlich einzufinden; durch Commissiongeschäfte in den fernsten Gegenden des Reichs behindert, hatte ich indessen mehrere Monate verstreichen lassen müssen, ehe ich jener Aufforderung hatte gnügen können. Jetzt war es mir endlich gelungen, mich von meinen Dienstverhältnissen los zu machen; seit mehreren Tagen schon hatte ich die Residenz verlassen, war Tag und Nacht gefahren, und saß jetzt still und in mich gekehrt im Wirthshause zu Binsenwerder an der Gasttafel und wartete auf die neuen Postpferde.

Mir gegenüber ließ es sich ein dürres, gelbhäutiges Männchen vortrefflich schmecken, und unterhielt sich mit den übrigen Gästen und dem Wirthe von den jüngsten Hauptvorfällen seines heute früh verlassenen Wohnortes.

Der Zigeunerfarbene kam, wie sich aus dem Verfolg der Unterhaltung ergab, aus Klarenburg, wo meine selige Großmutter sich in der letzten Hälfte ihres Lebens aufgehalten hatte, und im Flusse seiner Geschwätzigkeit lenkte sich bald das Gespräch auf sie selbst. Mehrere der Anwesenden hatten sie gekannt, und es that meinem Herzen wohl, in ihrem Urtheil über die Verstorbene ihr einstimmiges Lob zu hören; nur der Gelbe, der, nach seinen Aeußerungen, die Stelle eines Rathscopisten bekleidete, war, so viele Gerechtigkeit er auch Ihrem Wandel und Character widerfahren lassen mußte, mit ihrem Testamente nicht ganz zufrieden, weil sie, ungeachtet alle milde Stiftungen von ihr reichlich bedacht worden waren, das Rathsgremium gänzlich unberücksichtiget gelassen hatte, in dem, besonders was das Subalternpersonale betreffe, sich fast lauter arme Teufel befänden. Ich spitzte mich, fuhr er fort; wenigstens auf ein kleines Gratificatiönchen von einigen Carolins, die mir zu meiner Reise in das Karlsbad, wo ich mir die vom dreißigjährigen Actenstaube versteinerten Kaldaunen wieder restauriren soll, sehr hätten zu Passe kommen sollen, und rechnete um so sicherer darauf, als ich mir über ihrem Testament und ihren Legaten und Codicillen alle zehn Finger fast krumm geschrieben; – aber damit war es nichts; wir erhielten unsere, uns von Gott und Rechtswegen zukommenden Sportelgebühren, und damit Punktum.

Nun aber sagen Sie, Herr Sandler! hob der Wirth zum Rathschreiber gewendet an: ist denn die alte Milborn wirklich so reich gewesen, als man sie gemacht hat? Da Sie mit dem Testamente zu thun gehabt, müssen Sie das ja am besten wissen.

Ob sie so reich gewesen? versetzte Herr Sandler mit einer Art von Verwunderung, daß man so etwas nur noch fragen könne: zehn Meilen im Umkreise bei uns, hat sie bei jedem Gutsbesitzer, bei jedem Pachter, ihre sechs, acht tausend Thaler stehen; in Klarenburg ist fast kein Bürger, der ihr nicht ein kleines Hypothekencapital schuldig wäre; ihre Zinkhütte brachte ihr schmähliges Geld ein; Herzfelde, das schöne Gut, eine halbe Stunde von uns, hat sie vor 28 Jahren für einen Spottpreis gekauft, und so zusammen gewirthschaftet, daß es heute bestimmt viermal mehr werth ist, als vordem;

von ihren Obstpflanzungen allein zog sie im Durchschnitt jährlich ihre dreitausend Thaler reine Revenüen; ihre Merino-Wolle ist die beßte in der ganzen Provinz, und wer einen Viehstand sehen will, wie keiner im Lande ist, muß nach Herzfelde gehen.

Nun, und das Alles? – fragte der Wirth theilnehmend.

Das Alles, fiel ihm das geläufige Rathscopirwerk in die Rede: Alles erbt ihr einziger Enkel, der als Hofrath in der Residenz angestellt ist.

Ich fertigte in der peinlichsten Verlegenheit eine ganze Hand voll Brodkügelchen und spielte damit um nur nicht aufzusehen; denn ich fühlte, wie mein Gesicht glühte, und mir war, als müßten alle Leute am Tische es mir ansehen, daß ich der Gemeinte sey; doch waren Aller Blicke zu aufmerksam auf den Raths-Sprecher gerichtet, als mich viel zu beobachten, der, als gänzlich fremd in der Gegend, am Gespräch gar keinen Antheil zu nehmen schien.

Auf den, fuhr Herr Sandler klatschsüchtig fort; auf den warten unsere Mädchen, wie auf den Messias. Er soll ein hübscher junger Mann seyn, unverheirathet, brav und guten Herzens, lustig und gescheit, und jetzt, mit der Erbschaft in der Tasche, ein Kerlchen, daß sich gewaschen; ist der nicht schon in der Residenz verplempert, so muß er bei uns unter die Haube, er mag wollen oder nicht. Ich sage Ihnen, ordentliche Komödien wird das setzen; wir haben bei uns eine Anzahl solch armer Dinger, die sich nach dem Rufe der Brautglocke sehnen, wie der Hirsch nach frischem Wasser, und darunter sind Mädchen, auf meine Seele, Mädchen, so sauber und niedlich, wie sie der Herr Hofrath in seiner Residenz kaum finden kann. Wo man jetzt hinkam, ward doch in ganz Klarenburg von nichts gesprochen, als von dem jungen Hofrath; Eine zieht die Andere mit ihm auf; Wochenlang schon – er muß in diesen Tagen bei uns eintreffen – sind Schneider und Putzhändlerinnen in voller Arbeit, denn Jeder fehlt noch dieß und jenes, um sich im beßten Gallastaate zu zeigen, und vor allem haben die Mütter und Tanten sich in Trab und Schweiß gesetzt, um den Töchterlein und Nichtchen diesen Goldfinken wegzufangen. Ich habe in der letzten Zeit oft mein tausend Gaudium darüber gehabt. Bald hieß es: aber Gustchen, halte Dich doch gerade, kömmt der Herr Hofrath, und Du gehst so bukkelig, er sieht Dich wahrhaftig mit keinem Auge an;

bald: Fritzchen, setze doch endlich einmal die Beine auswärts; Du trittst Dir ja die Ballen noch ab; eine solche Ente nimmt der Hofrath wahrhaftig nicht. Vorgestern noch rief die Stadthauptmännin ihrem Susannchen zu: Mädchen, wie hundertmal habe ich über Dein verdammtes Schielen gepredigt, kommt der Mensch, und Du siehst ihn mit einem Auge auf den Kopf und mit dem andern auf die Strümpfe, er muß Dir ja den Rücken kehren. – Wie es heißt, spricht er sehr gut französisch; nun wird jetzt in den Häusern, wo es ein bischen elegant hergeht, vom Morgen bis Abend, um sich in aller Eile noch möglichst einzuüben, parlirt, daß es nur so donnert und wettert; andere haben wieder gehört, daß er Musik liebe; man mag nun gehen, durch welche Straße man will, so wirthschaften sie auf den Clavieren herum, und kröhlen und jodeln dazu deutsch, französisch und italienisch, daß man glauben sollte, ganz Klarenburg wäre in ein musikalisches Conversatorium verhext; kaum verbreitete sich die Nachricht, daß er leidenschaftlich gern tanze, als in den Familien höhern Ranges unsere zwei Tanzmeister so gesucht sind, daß sie kaum herumkommen können. Schnellwalzer und Hopser, Cottillon und Française, Cavatine oder Gavotte, wie das Ding heißt, alles wird eingeübt; ellenhohe Sätze machen die Kinder in die Luft, und oben zappeln sie mit beiden Beinen, als hätten sie den Krampf in den Waden; Kassenraths dicke Hildegarde ist neulich bei dem Experimente hingeschlagen, wie ein Nußsack.

Die ganze Tafelrunde platzte in lautes Lachen aus; ich mußte mitlachen, wenn ich nicht auffallen wollte; inwendig sah es aber sehr ernst bei mir aus, denn mir ward vor meinem Erscheinen in Klarenburg angst und bange.

Ermuthigt vom rauschenden Beifall seines Publikums hob der Rathscanzlist von Neuem an: die Leute wollen es sich etwas kosten lassen, dem preiswürdigen jungen Erben ihre Kinder auf die glänzendste Weise zu produciren. Der alte Geheime Landesdirectionrath veranstaltet ein Concert, in dem seine Serafine zwei Bravourarien singt; schon sind mehr denn sechs Proben gewesen, aber immer stampft dabei der Land und Leute dirigirende Papa vor Bosheit mit Hand und Füßen, denn Serafinchen detonirt wie eine verstimmte Bratsche; ihr Triller ist ihm nicht volltönig genug, und bei der Cadence puhstet er im musikalischen Glüheifer sie heimlich an, daß sie den Athem länger halten soll. Zweimal hat sie schon davon verfangen und Leibkneipen bekommen, daß es einen Stein in der Erde hätte erbarmen mögen; aber der Alte, der von der Milbornschen Hinterlassenschaft die genaueste Kenntniß hat, läßt nicht locker; Tabakadministrationvicedirectors geben einen Ball, wie er in Klarenburg seines Gleichen noch nicht gehabt haben soll; achtzehn Stück Cousinen und Nichten, worunter wahrhaftig Kinder wie die Engel, erscheinen, schlanke Tabakstengel, gleich Lilien, in den Händen, als Virginische Jungfrauen gekleidet, und ihre Eingeborne, Nina mit Namen, ein Mädchen, wie aus Meeresschaum entstanden, tritt im Costüme der Tochter eines reichen Tabakplantagen-Inhabers, als Solotänzerin auf, und reicht dem gefeierten Gaste, nach einer sinnigen Pantomime, aus goldgefaßter Perlenmutterschale eine Prise Spaniol, so daß er niesen muß, als wenn er am hartnäckigsten Stockschnupfen litte. Die verwitwete Reichsrathpräsidentin aber will Alle ausstechen. Ihr alter Anbeter, der Artillerie-Oberste hat in ihrem Garten ein Feuerwerk arrangiren müssen; in Heidelbeerblauem Brillantfeuer brennt der Name des gefeierten Gastes, und am Schlusse der Vorstellung, wenn ein Bouket von zehn tausend Raketen und Schwärmern und Fröschen und Kanonenschlägen unter einander prasselt und knackert, daß die Leute denken, der Welt Ende sey nahe, kommt, von einer Flugmaschine gehalten, deren Erfindung den alten Obersten alle Ehre macht, die zartgestaltete Caritas, der Präsidentin jüngste Tochter, aus dem dunkeln Nachthimmel vom buntfarbigen Lichtglanze eines magischen Regenbogens umflossen, als Psyche herabgeflogen und überreicht dem Bräutigam in spe ein brennendes Strahlendiplom der Unsterblichkeit.

Ich reise nicht nach Klarenburg, sagte ich heimlich zu mir selbst, und gewahrte, daß ich vor Angst und Befangenheit alle meine Brodkügelchen zu einer großen Kartätsche zusammen geknettet hatte, die mir in der Hand brannte, als hätte ich sie aus dem eben beschriebenen Feuerwerk gegriffen.

Und was das Spaßhafteste bei der Sache ist, nahm der rathhäusliche Referent das Wort wieder: so wette ich zehn gegen eins, daß mein guter Herr Hofrath von allen den Schönen, die ihm die Aeltern an den Hals singen, tanzen und feuerwerken lassen wollen, nicht eine wählt.

Wie das? fragten die Umsitzenden, und rückten die Stühle näher zusammen, und ich rückte unwillkürlich mit, denn die Copirmaschine machte ein Gesicht, als ob etwas ganz Geheimes herauskommen sollte.

Ja, fuhr der Plauderer fort; ganz klar ist mir die Sache noch nicht, aber, wie ich so unter der Hand habe munkeln gehört, soll die alte Milborn ein Capital von 50,000 Thalern unserm Armenfonds vermacht haben, mit der in einem besondern Codicill bestimmten Bedingung, daß, wenn ihr Enkel *das* Mädchen sich zur Frau wähle, das sie nach ihren Gedanken für ihm bestimmt habe, ihm die Nutznießung dieses Capitals auf Lebzeiten zu Theil werden solle; falle aber seine Wahl auf eine andere, so sollen die Zinsen dieses Stammkapitals, gleich von ihrem Todestage an, unserm Armenfonds zu Gute kommen.

Nun, und dieses Mädchen? fragten einige Neugierige gleichzeitig.

Ja da sitzt eben der Knoten, erwiederte mit leiser Stimme Herr Sandler: genannt hat die Alte den Namen im Codicille nicht; bloß der Generalin von Waldmark, der Jugendfreundin ihrer Tochter, der Mutter des Hofraths, soll sie einen versiegelten Zettel, in dem der Name aufgezeichnet ist, zugestellt haben, mit der ausdrücklichen Aufgabe, diesen Zettel vor ihm, dem Enkel, und zwei Zeugen, dem Testaments-Vollzieher, unserm Ober-Pupillenrath, und dem Vorsteher des Armen-Directorii, nicht eher zu öffnen, als nach der Verlobung ihres Enkels. Mit Bestimmtheit ist daher die Gemeinte durchaus nicht zu errathen; wahrscheinlich aber hat sie sich in ihrer Wahl auf eine ihrer Adjutanten beschränkt.

Adjutanten? fragten mehrere aus dem Kreise, auf die nähern Details dieser mir ganz neuen Eröffnung höchst gespannt.

So nannte die alte Milborn, entgegnete Herr Sandler; die sieben Mädchen, die sie wochenweise abwechselnd immer um sich hatte. Ob sie damit die ehemaligen 7 Churfürsten, oder die 7 Weltweisen, oder die 7 Wunder der Welt, oder, weil es Frauenzimmer waren, die 7 Todsünden im Sinne hatte, lasse ich dahin gestellt. Die Zahl 7 war überhaupt der Alten immer von wichtiger Bedeutung; 35 Jahr alt war ihre Tochter, des Hofraths Mutter, als diese starb; Johanna hieß diese, sieben Buchstaben waren in deren Namen, wie in ihrem eigenen, Milborn. Am siebentem Tage des kommenden Monats, des siebenten im Jahre, ward ihr der einzige Enkel geboren. Seit langer Zeit behauptete sie, nie älter zu werden, als 84 Jahre und sie hat richtig Wort gehalten; jetzt als sie mit Tode abging, ist ihr Enkel gerade 28 Jahre alt; alles Zahlen, in denen die Zahl 7 gerade aufgeht. Jede 7 jährige Sabbathperiode, setzt sie uns oft mit gelehrtem Wortkrame und im tiefern Sinne des auf die Zeit der Erscheinung des Messias, im Fleische hindeutenden Hall- und Jobel-Jahr-Systemes aus einander, enthalte 84 Monate, und jede 7 tägige Woche 84 chaldäische Stunden; und darum behielt sie auch keins ihrer 7 Mädchen länger als 84 Monate bei sich. Sie dürften bei der Aufnahme nicht älter und nicht jünger sein, als 14 Jahre und 7 Wochen; aber kein einziges hat sie wirkliche 84 Monate lang im Kreise ihrer Adjutanten gehabt, denn die Mädchen waren alle durch ihren lehrreichen Umgang und durch ihre Weise sie zu beschäftigen und in die Welt einzuführen, so angenehm gebildet, daß jedes schon vor Ablauf jener Zeit einem wackern Manne zu Theil worden war. Die Dinger gingen immer weg, wie warme Semmel: sie mußten ihr Gesellschaft leisten, ihr vorlesen, sie und ihre geselligen Kreise unterhalten, in der Haushaltung nach dem Rechten sehen, die Wirtschaftbücher führen, ihre Correspondenz dictando erledigen, und dergleichen mehr. Seit der Verheirathung ihres Hannchens ihrer einzigen Tochter, der Mutter des Hofraths, hat diese Einrichtung bestanden, und die Leute rissen sich ordentlich darnach, ihre Töchter der Frau hinzugeben, denn das war gleichsam eine hohe Schule für die Mädchen. Sie suchte sich, ohne Rücksicht auf Stand und Herkommen allemal die Hübscheste aus; dabei mußten sie aber die nöthigen Vorkenntnisse im Französischen, Englischen und Italienischen mitbringen, denn in diesen drei Sprachen correspondirte die Frau tagtäglich; außerdem verlangte sie eine vollständige wissenschaftliche Bildung, mögliche Fertigkeit auf irgend einem Instrumente und im Singen, Uebung in allen weiblichen feinen Arbeiten, und sichtbare Fortschritte in der Tanzkunst. Uebrigens hatten die Mädchen in ihrem Hause, welches den feineren Zirkel unsers Orts und der ganzen Umgegend und allen Fremden täglich offen stand, wahre Göttertage. Die Besorgung ihrer immer sehr eleganten Garderobe, war der Alten Sache, und hatten die Aeltern kein eigenes Vermögen, so ließ sie sich deren anständige Ausstattung nicht nehmen; auch unterstützte sie die Mittellosen noch Jahre lang durch heimliche Zuschüsse, und stand allemal beim ersten Kinde Gevatter. Selbst für die, welche sie jetzt unverheirathet hinterlassen, hat sie, so weit es die Vermögensumstände dieser und jener erforderlich gemacht, durch reichliche Legate gesorgt.

Nun, welche der schönen Adjutantinnen würde Sie denn, fragte der Wirth scherzend: dem guten Herrn Hofrathe vor allen empfehlen? –

Welche? versetzte Herr Sandler, und schenkte sich den Rest seiner Flasche ein: keine andere als meine Nichte, meines Bruders, des Stadtlieutenants Vierte; die möchte ich ihm wohl gönnen, und solch ein reicher Herr Neffe ließe dann auch wohl ein Wort meinetwegen mit sich reden; unsere Lotte ist ein kreuzbraves kerniges Mädel, na, Sie kennen sie, Herr Wirth; die Alte hat immer viel Stücke auf sie gehalten. Ein paar Augen hat das Wetterding im Kopfe, wie brennende Scheunen; die Backen, wie Borstorfer Aepfel, und im Raschwalzer kommt ihr nicht eine gleich: dabei plappert sie französisch, daß mir vor Verwunderung oft die Haare zu Berge gehen, schreibt ein Händchen zum Küssen, und singt wie eine Lerche.

Sie machen uns, hob einer seiner Reisegefährten, ein junger wohlgestalteter Mann, lächelnd an; den Mund so wässerig, daß ich, wenn Sie mir das Alles früher erzählt hätten, mich bei der Durchreise in Klarenburg ein wenig mehr umgesehen hätte; wahrhaftig, man möchte gleich noch umkehren, und bei den auserlesenen Sabbathkindern sein Heil versuchen. Unstreitig wählt der Glücklichste der Sterblichen, der Hofrath, Ihre belobte Nichte; indessen sind noch sechs andere da, die doch auch wohl der Rede werth seyn möchten.

Das wollte ich meinen, fiel ihm der Verräther meines Wahlschatzes in das Wort, und ich ließ mir noch eine halbe Flasche geben, denn zu der Musterung, die mir eben in Parade sollte vorgeführt werden, bedurfte ich der nöthigen Geistesstärkung. Pro primo, sagte Herr Sandler, und legte den rechten Zeigefinger an den Daumen seiner Linken: marschire ich mit Fräulein Adele von Strahlenthal auf: Donner und Victoria, ist das ein Mädchen! ich weiß nicht, ob Sie die Art Frauenzimmer kennen, die man in der Kunstsprache Zungenschläger nennt; dahin rechnet man nicht sowohl die, welche durch ein gewisses Lispeln ihrer Aussprache einen eigenen weichen Wohllaut zu geben wissen, sondern vielmehr solche, die mitten im

Gespräch und auch, wenn sie nicht reden, unwillkührlich die Lippen mit der Zunge netzen müssen. Sachkenner halten diese Sorte von Mädchen mit für die gefährlichsten; denn die Trockniß der Lippen, sagen sie, komme vom zu heißen Blute, und darum haben auch dergleichen Frauen und Mädchen, die durch dieses bewegliche süße Zungenspiel ihren eigenthümlichen Reiz bekommen, gewöhnlich einen für manche Männerherzen äußerst entzündlichen Liebesblick im Auge. Zu diesem Genre gehört Adele; achtzehn Jahre, gewachsen wir eine Tanne, aus der ersten Familie im Orte, und tadellos in Ruf und Wandel; dabei das einzige Kind, und der Vater hat zwei Rittergüter, die zusammen größer sind, als manches kleine Fürstenthum. – Pro secundo, Prokofjewna Tschimaduno, ein Russenkind. Die Mutter, unsers Vesperpredigers Eingeborne, verheirathete sich im Kriege mit dem Obersten, der nach der Schlacht bei Austerlitz leicht blessirt zu uns kam, unser Vespertinchen, wie wir die scheinheilige Predigertochter scherzweise nannten, leicht berückt., ein halbes Jahr nach der Trauung in seine Heimath zurückkehrte, und das Versprechen, bald wiederzukommen und Frau und Kind abzuholen, bis jetzt unerfüllt gelassen hat. Prokofjewna gehört zu der Rasse der Stumpfnäschen; das ganze Ding wird höchstens sechzehn Jahr alt seyn, ein niedlicheres Migniatur-Figürchen kann nicht gedacht werden. Von klingenden Vermögen schreibt St. Paulus gar nichts, doch hat ihr die alte Milborn ein Legat ausgesetzt, mit dem die nöthige Aussteuer wohl standesmäßig zu bestreiten ist. – Pro tertio, Julie, das jüngste Kind der Laune meines Herrn Chefs, des Consulis dirigentis, von Klarenburg. Das Mädchen ist ein sogenannter Distanzblender; sie fernt gar gewaltig, und betrachtet man sie in der Nähe, so finden sich einige Pockengrübchen, in den Wangen, aber sie entstellen das Gesicht nicht; in Julchens Haltung liegt etwas Großes, sie hat den stolzen Anstand einer Czaarin, überall ist sie die Erste, in ihrem Blicke liegt der Adel ihrer Seele, und mit ihren Kenntnissen könnte sie alle Tage Professor werden: sie wollen ihr eine Art von Kälte vorwerfen; wer sie aber näher kennt, nennt es blos Selbstgefühl; sie weiß, daß sie mehr wisse, als andere. aber sie prahlt nicht damit, nur hat sie die Kunst noch nicht inne, sich zu denen, die unter ihr stehen, herabzulassen. Papa hat gespart, und wird ihr einmal einen recht leidlichen Thaler Geld hinterlassen. – Pro quarto –

Hier trat der Lohnkutscher ein, der den Referenten mit einigen andern Herren unserer Tafelrunde, benachrichtigte, daß angespannt, und wenn sie vor Abend das Nachtquartier erreichen wollten, keine Zeit mehr zu versäumen sey. Wir standen vom Tische auf; ich aber, während des mir höchst interessanten Vortrags, mit meinem Plane fertig, schlüpfte in das Nebenzimmer, das man mir bei meiner Ankunft als Absteigequartier angewiesen, und lud Herrn Sandler durch einen Wink ein, mir auf einen Augenblick zu folgen.

Hier eröffnete ich ihm unter vier Augen, daß der Herr Hofrath, von dem er bey Tische gesprochen, mein alter Jugendfreund sey; daß dieser, dringender Geschäfte halber, nicht selbst habe kommen können, daß ich daher, mit den erforderlichen Vollmachten von ihm versehen, mich auf den Weg nach Klarenburg habe machen müssen, um in seinem Namen die ganze Erbschaft-Angelegenheit zu reguliren; daß ich zugleich den Auftrag hätte, alle kleine Verpflichtungen, an deren Erfüllung etwa die verstorbene Madame Milborn durch ihren tödtlichen Hintritt verhindert worden, im Geiste der Frau Erblasserin zu tilgen, und daß ich daher, in Bezug auf das, was er vorhin von seiner getäuschten Erwartung, hinsichtlich der ihm billiger Weise zukommenden Gratification, geäußert, mich beeile, ihm sein Gebührniß einzuhändigen. Mit diesen Worten drückte ich ihm zehn Louisdore in die dürren Schreibfinger, und steigerte dadurch seine Verlegenheit und seine freudige Ueberraschung fast bis zur völligen Erstarrung.

Verehrter Herr, rief er, nachdem er die Sprache wieder gewonnen, im höchsten Unwillen auf sich selbst: könnte ich doch auf mein vermaledeites Maulwerk unser großes Rathssiegel drücken! Was müssen Sie von mir denken? Was habe ich nicht Alles in den Tag hineingeschwatzt! Jedennoch betheure ich bei meinem, unserer löblichen Commun vor dreißig Jahren schon geleisteten Amtseide, daß ich hierunter durchaus keine bösliche Absicht gehegt, auch erinnere ich mich nicht eines Wortes, wodurch ich der hochseligen Madame Milborn und Ihrem verehrlichen Herrn Mandanten, der – er sah in die Goldscheiben zwischen seinen stumpfgeschriebenen Fingerspitzen – ein leibhafter Engel seyn muß, im mindesten zu nahe getreten wäre; aber, wie der Mensch bei Tische nun einmal ist. – Die Hauptschuld trägt unfehlbar der Wein, den muß der abgefeimte Betrüger, der Wirth, mit spirituösen Miscellen versetzt haben, denn ich hatte kaum die zweite Flasche angebrochen, als ich handgreiflich fühlte, daß mir die, durch Amtseid und Dienstalter gleichsam zum Stockfisch gewordene Zunge, unaufhaltsam durchging, wie ein stetisches Pferd, dem man brennende Schwärmer unter den Schweif gebunden. Soll mir das aber eine Warnung seyn für die Zukunft! Zuschrauben will ich das verdammte Maul, daß Nichts heraus und Nichts hinein kann; gleichsam eine Katakombe will ich zwischen Kinn und Nase haben, zugemauert und fest verkittet für alle Ewigkeit! Aber, du mein Gott? wie konnte ich auch nur im allerentferntesten ahnen, daß unter der Zahl der Gäste an unserer Wirthstafel sich der ehrenwertheste Herr Mandatarius unsers liebreichen Herrn Hofrathes befinde.

Ich beschwichtigte den vom Weine und meinem Golde seltsam Aufgeregten durch die freundlichsten Worte, versicherte ihm, daß ich dem Zufalle außerordentlich verpflichtet sey, ihn kennen gelernt und von seiner genauen Kenntniß der Sachlage einen kleinen Ueberblick von der Erbangelegenheit erhalten zu haben, und rückte nun mit dem Hauptpunkte, weßhalb ich ihn eigentlich zu mir gewinkt hatte, mit dem Wunsche heraus, die übrigen drei kleinen, sogenannten Adjutanten, und besonders das Mädchen kennen zu lernen, das Madame Milborn ihrem Enkel vorzugweise zugedacht.

Und wenn Sie mich bei den Beinen aufhängen, erwiederte Herr Sandler, beide Hände auf das Herz, als wäre das, was er jetzt sagen wolle, gewiß wahr: über den letzten Punkt kann ich Ihnen keinen bestimmten Aufschluß geben, und meine Vermuthung vorhin, daß dieß Mädchen sich unter den sieben befinde, ist auch nur so in den Wind geredet, und bloß in meinem Kopf entstanden; auf jeden Fall hat die Wohlselige die Absicht gehabt, der Neigung des Herrn Hofrathes durchaus nicht vorzugreifen, und darum die Eröffnung des bewußten Zettels erst nach seiner Verlobung angeordnet. Wenn Sie der alten Frau im Grabe noch einen Gefallen thun, so machen Sie meinen dummen Streich wieder gut, und sagen Sie dem Herrn Hofrathe von dieser ganzen Geschichte Nichts; auf jeden Fall ist es der Erblasserin Wille nicht gewesen, daß er etwas davon wissen soll, weil er dann in der Wahl der künftigen Frau Hofräthin doch nicht so ganz unbefangen seyn würde, als er nach dem Plane der Großmutter seyn und bleiben soll. Was aber unsere Adjutantur Schönen betrifft, so kann ich Ihnen, da ich sie Alle aus- und inwendig kenne, ganz specielle Kunde von ihnen geben, und hier unter vier Augen spricht sich so etwas besser, als vorhin an der Gasttafel; daß ich Ihnen aber ganz reinen Wein einschenken, kein Wort zu viel oder zu wenig sagen, und von der strengsten Wahrheit keine Linie abweichen werde, dafür bürge ich Ihnen mit dem Theuersten, was ich jetzt habe, mit meinem Glauben an die Heilkraft der warmen, in den Eingeweiden der Erde gargekochten Carlsbader Hünerbrühe, welche meinen, am Dintenfasse versäuerten Leichnam stärken, und den unter der Actenlast fast zum Eselgrau veralteten Kopf wieder verjüngen soll.

Zur Sache, rief ich ungeduldig lächelnd; denn unterbrach ich den Redseligen nicht, so kam er, statt auf meine 7 unbekannten Augenweiden, auf die Geschichte seiner Eingeweide, und dann war es schwer, daraus den Weg in das künftige Paradieß meiner Liebe zu finden.

Ja, fiel er sich selbst in das Wort: von diesen wollten Sie hören; schön, schön; nun genannt habe ich Ihnen vorhin schon, wenn ich nicht irre, die Strahlenthal, die Prokofjewna, Oberbürgermeisters Adelaide, und meine Nichte, Lotte Sandler, des Stadtlieutenants, meines Bruders, vierte, in christlicher Ehe erzielte Tochter; folglich habe ich Ihnen noch von der kleinen Hälfte, das heißt, von den drei übrigen zu berichten; aber das kann ich Ihnen sagen, wäre ich der Herr Hofrath, – nicht, weil die Lotte meine Nichte, meine nächste Blutverwandte ist– aber Sie sollen das Capitalmädel selbst sehen, und Sie werden sagen, wenn mein Herr Mandant, ein Paar gesunde Augen im Kopfe hat, so wählt er diese, und keine andere. Sehen Sie, ich bin ein alter, zusammengeschrumpfter Actenmensch, und halte im Ganzen von den Weibern blutwenig; aber vor der habe ich allen Respect; sie hat so etwas Feines, Appartes und Vornehmes, daß sie, bei meiner armen Seele, schon jetzt aussieht, wie eine geborene Hofräthin; auch war das Mädchen ein so recht eingefleischter Mignon von unserer guten, seligen Madame Milborn. Herr Sandler, hat die Alte zu mir mehr als hundertmal gesagt, glauben Sie mir, Ihre Nichte, Stadtlieutenants Lotte, ist ein Schatz, ein Kronjuwel; wer das Mädchen sich einmal zum Weibe erkürt, der thut einen guten Griff; – und dann für meinen Bruder wäre solch ein Schwiegersohn eine wahre Fundgrube; der Mensch hat zwölf lebendige Würmer, die schroten den ganzen langen Tag was zusammen; mit Respect zu sagen, die Haare vom Kopfe fressen sie ihm weg, und mit der Stadt-lieutenantsgage sind in der letzten Zeit wahre Revolutionen vorge-gangen. Sonst hatte der Lieutenant die sogenannten kleinen Monti-rungsstücke, als da sind Kamaschenknöpfe, Puder und Pomade, Zopfband, Schüttgelb und Kreide zu liefern; da fiel für ihn hie und dort etwas ab; seit der neuen Organisation unserer Nationalgarde aber, bei welcher alle diese Martialcostümbedürfnisse gestrichen, ist das Alles –

Der Kellner platzte zur Thür herein, meldete, daß die drei Herren im Wagen sammt Kutscher und Pferden, nicht länger warten woll-ten, und wenn er nicht den Augenblick käme, so –

Aber Herr Sandler war schon, ohne den Nachsatz abzuwarten, nach einem flüchtigen Abschied und nach wiederholter Bitte um Entschuldigung wegen seiner unvorsichtigen Plauderei bei Tische, zum Zimmer hinaus, und ich hatte für meine schönen zehn Louis-dore nichts, als den festen Vorsatz gekauft, Lottchen Sandler nicht zu wählen, denn mit dieser hätte ich alle eilf übrige Geschwister sammt Papa, Mama und den unleidlichen Oheim zugleich gehei-rathet.

Eine von den bewußten Sieben war also schon gestrichen!

Ich hatte zwar dem Eiligen noch in aller Geschwindigkeit zugeru-fen, von allem dem, was wir jetzt gesprochen, gegen keinen Dritten etwas zu verlautbaren, allein, ob er gleich, als er an den Wagen kam, wahrscheinlich noch im heimlichen Unmuthe über die Blöße, die er sich mir, dem vermeintlichen Mandatarius seines viel bespro-chenen Hofrathes, durch seine unzeitige Schwatzhaftigkeit gegeben, den großen Schraubenschlüssel des Lohnkutschers an den Mund setzte, als wollte er diesen auf immer und ewig verschließen, so mußte er doch kurz darauf seinen Reisegefährten mich als den Freund des heute bei Tische erwähnten Erben genannt haben, denn sie schielten alle mit einem Male aus dem Wagen nach meinem Fenster herüber, um sich den noch einmal anzusehen, der jetzt im Begriff stand, nach Klarenburg zu reisen, um die sieben Wahlschö-nen seines Mandanten in allerhöchsten Augenschein zu nehmen.

In jeder Hinsicht nannte ich jetzt den mir in meiner Bedrängniß an der Gasttafel abgezwungenen Einfall, in der Rolle eines Dritten zu Klarenburg aufzutreten, einen sehr gescheiten. Den Concerts und Bällen und Feuerwerken ging ich glücklich aus dem Wege, ich lernte den Boten kennen, und hatte Gelegenheit, die sieben Mädchen, und die übrigen Töchter des Landes hinter meiner Maske im Stillen zu beobachten; und wenn ich auch voraussetzen konnte, daß sie sich alle auch gegen den vermeintlichen Freund des Milbornschen jungen Erben zuvorkommender, als gegen einen Fremden benehmen würden, so hatte ich doch die gegründete Hoffnung, sie jetzt ungebundener, natürlicher zu sehen, als sie sich dem erwarteten Hofrathe gegenüber gezeigt haben würden, auf den sie, wie Sandler erzählte, von den Aeltern und Angehörigen ordentlich systematisch vorbereitet worden seyn sollten.

Ich ließ mir Feder und Tinte geben, schrieb in meinem Namen an den Executor des großmütterlichen Testaments, den Stadtrath Rüderich, entschuldigte mein Nichtkommen durch eine unaufschiebliche Commissionreise, und empfahl ihm, den Ueberbringer dieses, meinen Freund, den Herrn Geheimen Secretair Straguro – ich freute mich, wie ein Kind, des schlechten Anspielwitzes der in dem Anagramm dieses Wortes lag, und das nicht leicht Jemand für Surrogat zu lesen verleitet worden seyn mochte – mit allen testamentarischen Bestimmungen der Erblasserin bekannt zu machen, und versprach, wenn dieser werde zurückkommen und mir über die Lage der Sache Bericht erstattet haben, falls meine persönliche Erscheinung dort unumgänglich erforderlich seyn sollte, in Kurzem selbst einzutreffen. Mit diesem Brief in meinen Tagebuche setzte ich mich in den Wagen, fuhr von dannen, und fühlte mich beklommener, je mehr ich dem verhängnißvollen Klarenburg mich näherte.

Ueber das Ende meiner Maskerade war ich nicht in Verlegenheit, denn, wie mein Plan gemacht war, ging Alles in dieser Hinsicht ganz vortrefflich; ich hielt mich einige Tage dort als wohl bestallter Geh. Secretair Straguro auf, reis'te, nachdem ich über alle Umstände die genauesten Erkundigungen eingezogen, ab; schrieb dann an den Executor des Testaments, den Oberpupillenrath Strom, daß ich der vermeintliche Straguro selbst gewesen sey, wendete gegen diesen vor, daß ich die ganze Maskenscene gespielt, um unter fremdem Namen die mir wünschenswerthen Nachrichten desto unverfälschter einziehen zu können, ließ die Leute darüber kurze Zeit sich satt und müde reden, erschien, wenn ich der gerichtlichen Umständlichkeiten halber unausweichlich in Person zu Klarenburg auftreten mußte, dann wieder dort, mit Allem ganz genau bekannt, und erklärte denen, die mich allenfalls über mein früheres Incognito zur Rede setzten, die ganze Geschichte für einen Scherz. Dem jungen, reichen Erben der Madame Milborn verzieh man den launigen Spas, bei dem keinem Menschen ein Haar gekrümmt ward, gewiß gern, und ich hatte den Zweck meiner Recognoscirung erreicht.

Aber, bist du nicht ein einfältiger Mensch, sagte ich mit erzwungenem Lächeln zu mir selbst: quälst dich da mit der Angst vor den sieben Mädchen, als ob es in der ganzen lieben, weiten Welt die allereinzigen wären, auf welche du bei deiner Wahl beschränkt wärst. In der Residenz, – fast Haus bei Haus gibt es dort der reizendsten Evenstöchter die Hülle und Fülle, von denen die Hälfte wenigstens, über kurz oder lang, sich bestimmen lassen würde, ihre Hand einem jungen, gesunden, ehrlichen Manne zu geben, der mit seinem Diensteinkommen die ganze großmütterliche Verlassenschaft, und mit seiner heitern Laune sein treues Herz der Geliebten zu Füßen legen kann – und – ach Gott, auf dem Lande und in den kleinen Städten, wo Jahr aus Jahr ein die niedlichsten Mädchen frisch und lustig aufschießen wie die Pilze, und in deren Augen die Aussicht, in der Residenz zu leben, und das Hofrath-Patent auch nicht von ganz unbedeutendem Gewicht sind; – nein, die Angst, woher eine Frau zu bekommen, ist, in Deutschland wenigstens, die lächerlichste von der Welt. Überdem hat ja die selige Großmutter durchaus nicht darauf bestanden, daß ich eine ihrer sieben guten oder bösen Sieben, oder überhaupt diese oder jene achte wählen solle und müsse; sie hat nur auf den Fall, daß meine Wahl auf sie treffe, die sie für mich in Gedanken bestimmt hat, mir die Nutznießung eines Kapitals von 50,000 Thlr. zuerkannt, die, im gegentheiligen Falle, der Armuth zu Gunsten kommen soll. Also auf Kosten der Hülfbedürftigen, der Krüppel und Kranken, der Lahmen und Blinden sollte ich – nimmermehr! ein solcher Erwerb könnte mir ja weder Freude noch Segen bringen – und endlich – man kennt ja den Geschmack der alten Leute! Gott weiß, was mir die gute Frau ausgesucht hat! Wonach sich das Herz eines raschen, lebenslustigen, acht und zwanzigjährigen Mannes sehnt, ist nicht immer in den Augen einer vier und achtzigjährigen Matrone das Preiswürdigste, und was Großmutter Milborn vielleicht für das Höchste in der

Mädchenwelt angesehen, ist dem Herrn Enkel, – ob mit Recht oder Unrecht, gilt hier gleichviel – vielleicht – gewiß das unbedeutendste Geschöpf auf Gottes Erdboden. Ueberhaupt, – recht ernstlich habe ich an das ganze Heirathen – ein tüchtiges Liebesabenteuer in Secunda und ein zweites im ersten Halbjahre meiner academischen Laufbahn abgerechnet, – noch gar nicht gedacht, und wenn der dumme Sandler die Geschichte mit den sieben Mädchen heute nicht auf das Tapet gebracht hätte, es wäre mir auch jetzt nicht ein Gedanke daran in den Sinn gekommen; – frank und frei will ich noch ein Weilchen durch das Leben gehen; es findet sich immer noch eine, die Ja sagt, und wenn ich sie auch erst in zehn Jahren darum frage.

Bei den letzten Worten dieses Selbstgesprächs ward ich doch ein wenig kleinlauter; denn ich berechnete, daß ich dann volle acht und dreißig Jahre alt wäre, und daß sich dann am Ende doch Manche bedenken möchte, meine stolze Rechnung so ohne alles Weitere wahr zu machen. Ich hatte schon den jovialen Beschluß meiner Selbstbetrachtungen auf der Zunge, und wollte sagen, weg also mit der ganzen Heirathgeschichte, als ich der Zunge in den Zügel fiel, und bei mir selbst meinte, daß man so etwas nicht verschwören müsse.

Zu diesem fast abergläubigen Wahlspruch stimmten mich die Thürme von Klarenburg, die mir in diesem Augenblick unten im fernen Thale ansichtig wurden. Es war, als lägen sie alle der Länge nach auf meinem Herzen, so sonderbar ward mir zu Muthe, als ich der alten Stadt, die von den letzten Strahlen der scheidenden Abendsonne beleuchtet, ein sehr düsteres Ansehn zu haben schien, immer näher kam. Schon konnte ich die halb verfallenen Wälle und Ringmauern von weitem erkennen, in denen die Eine lebte, welche von einer Todten mir zur Gefährtin meines Lebens hienieden bestimmt war. Ich stemmte mich mit Gewalt gegen den Gedanken, der mich um meine ganze Heiterkeit der Seele zu bringen drohte; aber er hatte mich so umstrickt und beschäftigte mich so ernst, daß ich seiner nicht los werden konnte.

Halt! rief ich dem Postkutscher zu, als wir, ungefähr eine halbe Stunde vor der Stadt, in einem der freundlichsten Dörfchen, das ich in meinem Leben gesehen, vor einem niedlichen Wirthshause vorbeifuhren, das, nach den im Freien, unter Baumschatten stehenden, sehr zierlich weiß und grün angestrichenen vielen Stühlen und Tischen zu urtheilen, an welchen hier und da einzelne Personen und Familien saßen, und verschiedene Erfrischungen genossen, ein stark besuchter Vergnügungsort der Klarenburger Honoratioren zu seyn schien: ich muß einmal trinken, sonst komme ich vor Durst um; laß dir auch geben, Bier, Wein, was du willst! Ich mußte aus dem Wagen heraus, wieder unter Menschen, denn in dieser Stimmung nach Klarenburg hinein zu fahren, hätte mir den Ort auf Lebenszeit verleiden können.

Der Postknecht, von meiner gastlichen Aufforderung gewonnen, hielt mir gegen den Hausknecht der ihm die verlangte Erquickung und den Pferden einige Bunde Heu brachte, eine vollständige Lobrede, erzählte, was ich seinem Vorgänger für ein stattliches Biergeld gegeben, und wie ich ihn, mit christlichem Einsehen, bei dem heißen gewitterschwülen Nachmittage nicht übertrieben habe, so, daß er, was ich, vertieft in meine sehr ernsten Betrachtungen, nicht einmal bemerkt hatte, fast nichts als Schritt gefahren sey, und trank in dem eben eintreffenden Schoppen Wein meine Gesundheit.

Zwischen der Straße und dem grünen Schattenplatz vor dem Hause, auf dem die vorhin erwähnten Tische und Stühle standen, befand sich ein Geländer; über dieses lehnte sich ein kleiner runder Herr, mit einer holländischen Pfeife, die fast so lang war, als er selber. Er hatte des Postknechts prosaische Hymne mit angehört und lächelte ihm beifällig zu: mich sah er an, als müsse er mich kennen, und, die ihm zugehörige Familie, die hinter ihm um einen mit Früchten, Wein und andern Erfrischungen besetzten Tisch saß, zischelte den Blick auf mich gerichtet, sich einander so viel in die Ohren, daß ich in die peinlichste Verlegenheit gerieth, denn ich stand auf dem Punkte, mich für verrathen zu halten, und mein schon berechnetes Incognito mit all seinen gesegneten Folgen aufgeben zu müssen. Aber, das war ja nicht möglich; hier war ich in meinem Leben nicht gewesen; in der fast 100 Meilen von hier entfernten Residenz selbst, wo der kleine rothe Bausback mich allenfalls konnte gesehen haben, hatte ich in der letzten Zeit kaum einige Monate gelebt; und wäre mir da so ein dickpurzeliges Stehaufchen zu Gesicht gekommen, so würde ich mich dessen bestimmt jetzt haben entsinnen können; und früher war ich am entgegengesetzten

Ende des Reichs angestellt gewesen; studirt aber hatte ich auf einer ausländischen Universität, und zwischen dem akademischen Leben und dem Eintritt in den Dienst hatte ich einige Jahre auf Reisen zugebracht; aber auf allen diesen verschiedenen Lebenswegen war ich diesem Burgundergesicht nirgends begegnet, folglich konnte der Mann mich nicht kennen.

Ich ließ mir Kaltschale von englischem Ale geben, setzte mich an einen Tisch so, daß ich ihm und seinem Kreise den Rücken zukehrte, und nahm von der ganzen Familie weiter keine Notiz. Mit beifälliger Behaglichkeit schweifte dagegen mein Blick an den übrigen Tischen umher, und der Rathscopist Sandler, hatte nicht Unrecht gehabt, wenn er von den Liebenswürdigkeiten der Klarenburgerinnen einiges Aufheben gemacht: denn, wo ich nur hinsah, traf ich auf eine hübsche Frau oder auf ein schönes Mädchen, so daß mir die Stadt in welcher derlei edle Erzstufen in solchem Ueberflusse zu Tage gefördert wurden, gar nicht mehr so finster und schreckhaft vorkam, als vorhin. Auch das Romantische des Dörfchens selbst mochte mit dazu beitragen, meine Gemüthsstimmung aufzuheitern. Der Dorfplatz war mit Blumen und ausländischen Gebüsche geziert; sieben kleine Springquellen plätscherten dem, in den sieben Behältern herumschwimmenden Gänse- und Entencorps, eine stille Abendunterhaltung vor; sämmtliche Häuser waren neu und geschmackvoll gebaut; vor jedem befand sich ein Blumengärtchen; die kleinen Fenster waren von Weingeranke oder großbuschigen Blumen umdunkelt, und was von den fleißigen Dörflern nicht im Felde beschäftigt war, saß vor den Thüren und spann, oder schärfte die Erntesensen, oder hatte sonst eine landwirthschaftliche Arbeit vor, und Alle, Mann wie Frau, Mägde wie Knechte, Kinder wie Alte, alle gingen sauber und reinlich gekleidet, aber alle trugen um Hut oder Haube einen schwarzen Krepp oder ein schwarzes Band.

Was bedeutet das? fragte ich die junge hübsche Wirthin, die eben kam und mir in einer kleinen silbernen Schüssel meine Ale-Kaltschale darreichte, und selbst ihr Häubchen und ihr weißes Kleid mit schwarzem Bande besetzt trug: ist daß hier Mode so, oder habt Ihr allgemeine Dorftrauer?

Unsere Gutsherrin, Madame Milborn, ist vor einem halben Jahre gestorben, sagte die junge Frau mit gesenktem Blick: und das war eine wackere Frau, die wir Alle lieb hatten. Es hat Keins dem Andern gesagt, daß wir Trauer anlegen wollten, aber früh starb die alte Frau, und den Nachmittag schon gingen die Leute im ganzen Dorfe, wie Sie sie hier sehen; so lieb und gut kriegen wir aber auch keine Herrschaft wieder. Sie wollte noch mehr sprechen, aber die Stimme fing ihr an zu schwanken, und als sie nach dem Hause zuging, wischte sie sich unvermerkt die Augen.

Ich erhob mich, ohne die kühlende Labung anzurühren, schnell vom Stuhle, und stützte mich die übrigen Gäste im Rücken, auf die Lehne, damit Keins sahe, wie mir bei der einfachen Standrede der jungen Wirthin das Wasser in die Augen trat. Der Gedanke, hier auf meinem großmütterlichen Erbe zu stehn, und der Anblick aller Bewohner des Dörfchens in Trauer um die edle Matrone, ergriffen mich wunderbar. Nie in meinem Leben hier gewesen, kam ich mir wie in meiner Heimath vor; von Jugend auf ohne Bruder und Schwester, waren alle Menschen hier mit ihrem einfachen Trauerschmuck die nächsten Glieder meiner Familie; ich hätte mich in meinen wehmüthigen Ansichten, die sich mir jetzt wohlthuend aufdrängten, noch mehr vertiefen können, wenn die Anwesenheit der städtischen Gäste nicht störend auf mich eingewirkt hätte. Zufällig blickte ich einmal hinterwärts auf den Kreis, der zu dem kleinen dicken Manne gehörte; sie steckten eben die Köpfe zusammen, fuhren, als ich mich umsah, rasch auseinander, und von der einen Dame, die ich für die Mutter der übrigen jüngern hielt, und die mich in ihrem Auge festhielt, hörte ich deutlich die Worte: ich wette er ist es. Jetzt konnte ich um keinen Preis wieder hinsehen; die angebotene Wette hatte offenbar mir gegolten, und ich vermuthete, daß ich mit Jemand, den sie für mich hielten, eine auffallende Aehnlichkeit hatte. In demselben Augenblicke erwiederte Papa: das wollen wir bald herauskriegen, stand auf, wackelte, seine brennende holländische Bohnenstange im Munde, über den Fahrweg, und steuerte auf meinen Kutscher zu.

So ernst und feierlich mir in diesem Augenblicke zu Muthe war, ich mußte über die Seitenbewegung doch beinahe laut lachen, die der kleine dicke Kugelrund machte, um meinen rechten Flügel zu umgehen, und von meinem ehrlichen Postknecht nähere Erkundigungen über meine Wenigkeit einzuziehen. Aus dem Mienenspiel des Letztern drüben über der Straße ließ sich aber deutlich entnehmen, daß dieser den gewünschten Bescheid zu geben außer Stande war; der Neugierige machte also ungesäumt Kehrt, und watschelte, eine dampfende Qualmwolke vor sich her, gerade auf meine Wenigkeit herüber. Eine komischere Mißgestalt hatte ich fast nie gesehen. Der Kopf nahm ein Fünftel von der ganzen Figur ein, das Gesicht glich einem dunkelglühenden Vollmond; die Mundwinkel stießen an beide ansehnliche Ohren; accurat so breit war die platt gedrückte Taback-Nase; das Haar voll Puder und Pomade verlor sich hinten in einem, vor zwanzig Jahren einmal Mode gewesenen Merleton; die Augen hätte vielleicht selbst Franz Fontana mit seinem erfundenen Mikroskop kaum entdeckt; dazu stack die kleine Schmeerbauchfigur in einem springerartig gearbeiteten Frack von aschgrau- und weißstreifig seidenem Zeuche; Beinkleider und Weste, von der Tagesschwüle hie und da verschiedentlich durchschwitzt waren von weißseidenem Piqué, und die unmerklich geschweiften Strampelchen stolzirten in einem Paar steifen, spiegelblank gewichsten Butterfässern, an denen große silberne Sporen blitzten.

Um Verzeihung, krächzte er mir mit freundlichem Lächeln entgegen: Ew. Gnaden kommen aus der Residenz?

Ich bejahte durch eine höfliche Verbeugung und knip die Kinnladen auf einander, um dem Possirlichen nicht in das meilenbreite Gesicht zu lachen.

Ew. Gnaden haben wohl nicht einen jungen Herrn überholt, der auch aus der Residenz kömmt, in jedem Fall auch mit Extrapost reis't, und bei uns stündlich erwartet wird.

Ich drückte, unter einer zweiten artigen Verbeugung, bloß ein kurzes Nein ab; denn am Ende war der junge Herr, auf den er mit seiner werthen Familie stündlich wartete, kein anderer, als ich selber. Herr Sandler hatte mir ja schon heute Mittag erzählt, welche Anstalten zum Empfang bei meiner Ankunft in Klarenburg getroffen worden waren. Wahrscheinlich berechnete der kleine Dickkopf, daß ich nach dem Namen und der nähern Personbeschreibung des Erwarteten fragen solle; aber ich hütete mich wohl, dieß Gespräch weiter fortzuführen, und glaubte, dasselbe mit meinem kurzen Nein abgebrochen zu haben. Doch der Neugierige, der, wie ich merkte, lange schon eine Unterhaltung mit mir anzuknüpfen sich bemüht hatte, ließ nicht locker, und erzählte, daß dieß schon der dritte Tag dieser Woche sey, wo sie Abends hier heraus nach Herzfelde gefahren wären, um den Erben der Madame Milborn, von dem eben die Wirthin gesprochen habe, zu empfangen; dieß sey der Hofrath Blum, den sie gleichsam als ein Mitglied ihrer Familie betrachteten, weil sie mit der seligen Madame Milborn genau befreundet, und was man sage, ein Herz und eine Seele gewesen wären. Sie kennen vielleicht, fuhr er in seiner Manier schalkhaft fort, und lächelte dazu so feichsend, daß die beiden kleinen Guckäugelein gänzlich verschwanden: unsern guten Herrn Hofrath, und können uns dann vermuthlich über die Zeit seines Eintreffens nähere Nachricht geben?

Verleugnen durfte ich mich nicht, denn da ich morgen in der Stadt als mein Mandatarius auftreten wollte, wäre es auffallend gewesen, wenn ich heute hätte thun wollen, als wäre mir der Herr Hofrath Blum ein wildfremder Mensch. Ich bekannte mich also zu dem Glücke, den belobten Herrn nicht allein persönlich zu kennen, sondern auch zu seinen nähern Freunden zu gehören, und fügte hinzu, daß er, wenn Alles sich nach seiner Berechnung füge, in Kurzem hier einzutreffen gedenke.

Der kleine streifige Grauweißling duckte sich, nahm einen Ansatz wie ein Frosch, der über einen Graben wegspringen will, und mit einem Ruck rutschte er, während seine holländische Lanze in hundert Stücke zersplitterte, unter dem Geländer herein, packte mich bei beiden Händen, versicherte mir sein Entzücken, einen so nahen Freund des Herrn Hofrath kennen zu lernen, stellte mich als solchen seiner Familie am Nachbartische vor, drang in mich, sich zu ihnen zu setzen, holte selbst meine Kaltschale auf seinen Tisch herüber, rief Dinchen, wie er eine seiner Töchter nannte zu, mir vorzulegen, stellte sich mir als den Geheimen Viehsteuerrevisor Zwicker vor, erzählte in einem ununterbrechbaren Redefluß von allem Guten, was er sammt Frau und Kindern der seligen Madame Milborn zu danken habe, und lud mich ein, für die Dauer meines Aufenthaltes in Klarenburg mit seiner Wohnung vorlieb zu nehmen und sein Haus als das meinige anzusehen.

Ich verbat alle diese, mir wie im Fluge der ängstlichsten Hastigkeit hingeworfenen Artigkeiten, die mir, von Sandler einmal scheu gemacht, mehr aus Spekulation, als aus Herzlichkeit angeboten zu werden schienen, höchlich; aber Papa Zwicker kreischte: Ich vergäbe es mir ja in meinem ganzen Leben nicht, wenn ich Sie, den ersten Freund unsers lieben Hofraths, wo anders wohnen ließe! Die alte Milborn – ich brauche mich dessen nicht zu schämen, ich war, als ich in den Dienst trat, und bei uns eine kleine Accisevisitatorstelle bekam, ein miserables Pauvrettchen; selbst später, als Thorinspector hatte ich mit eilf lebendigen Kindern nicht viel zu brocken und zu beißen, denn der Gehalt war knapp, und von unsern Klarenburger Kaufleuten auf eine andere Weise etwas los zu kriegen war ein Kunststück, denn das sind geriebene Kunden, die den untern Beamten nicht fürchten, weil sie die obern in der Tasche haben; aber kaum erfuhr die alte Milborn von der geklemmten Lage meines starken Hausstandes, als alle Wochen, Jahr aus Jahr ein, ein Wagen mit Victualien kam; das Schulgeld und die Kosten des Privatunterrichts für alle meine Kinder übernahm sie, und zu Weihnachten wurden die Rangen, vom ältesten bis zum jüngsten, mit Kleidung und andern Bedürfnissen ausstaffirt, wie die ersten in der Stadt. Den Schlauchmeisterposten bey unserer großen Rathsspritze habe ich ihrer Verwendung allein zu verdanken; es ist zwar ein beschwerliches Amt, denn ich muß, wenn Feuer auskommt, bei Tag oder Nacht fort, und das Commando über unser Spritzenvolk verlangt eine gute Brust; allein die 100 Thaler Fixum dabei sind auch mitzunehmen, und da ich bei jeder ausbrechenden Feuersbrunst, wenn meine Spritze nicht die letzte ist, aus der Kämmereicasse extra 20 Thaler erhalte, so ist das, besonders in der neuern Zeit, wo, Gott sey Dank, über Mangel an Brandschäden nicht zu klagen, ein recht hübscher Zuschuß. Seit ich meinen gegenwärtigen auskömmlichen Revisorposten habe, fiel zwar die frühere Unterstützung von Seiten der guten Madame Milborn weg, aber zur Weihnachtzeit, da konnte es die Alte nicht lassen, da mußte immer jedes ein Andenken von ihr haben. Absonderlich hatte sie an unserm Bernhardinchen da, den Narren gefressen; seit drei Jahren mußte die von Zeit zu Zeit allemal eine ganze Woche bei ihr bleiben, und hatte dort wahre Göttertage. Was ihr Herz nur wünschte, hatte sie vollauf, und die Lehrer, die ihr die Alte hielt, kosteten dieser einen schönen Thaler Geld; nun, es ist nicht weggeworfen gewesen, und ich kann es dem Mädchen in das Gesicht sagen, daß sie den Mann, den ihr einmal der liebe Gott bestimmt hat, nicht unglücklich machen wird. Hören Sie, amice, hob er vertraulicher an, rutschte mit einem Satze von seinem Stuhle herunter, und gab mir einen Wink, ihm ein wenig bei Seite zu folgen: ich muß Ihnen nur gestehen, daß die Alte mit unserm Dinel in puncto puncti ganz specifische Pläne zu haben schien, sagen Sie mir, unter uns, Freund, ist Blumchen vielleicht schon verplempert?

Sie meinen, hob ich verlegen an.

Ich meine nichts, fuhr er leiser sprechend fort: ich sage nur, daß, wenn unser Hofräthchen in der Residenz oder anderwärts nicht schon sein Theil hat, ich Ihnen die Versicherung geben kann, daß es die Alte noch im Grabe erfreuen wird, wenn er – na, Sie sind sein Freund, sein alter Bekannter; Sie sollen unser Dinchen näher kennen lernen und Sie werden sagen, daß unser Blümchen, figürlich zu reden, gewiß grünen und blühen werde, wenn wir es an *den* Stock anbinden. Ich weiß, es sind mehrere bei uns in der Stadt, die auch solche Gedanken hegen; aber wer zuerst kommt, mahlt am ersten. Darum, sehen Sie, sitze ich hier in Herzfelde alle Tage, wie angenagelt, und warte bis er angesegelt kömmt, und hat er erst einmal Dinchen gesehen, so denke ich wohl, sollen ihm die andern nicht mehr gefallen. Er muß bei uns logiren; wir legen gleich, verstehen Sie, aus purer heller Dankbarkeit gegen die alte Großmutter, Beschlag auf ihn; die Andern sollen alle vor Aerger die Crepance kriegen; während die warten bis er hinkommt und Visite macht und sich vorstellen läßt, hat ihn hier schon der pfiffige Geheime Viehsteuerrevisor Zwicker an allen vier Zipfeln.

Also Bernhardine!

Darum wechselte das Mädchen die Farbe, als das Gespräch auf den Hofrath Blum kam; darum war sie so verlegen und einsylbig, darum zitterte sie, als sie mir, auf Befehl des Vaters, die Kaltschale vorlegte; darum schweppte der Teller über, den sie, in der Befangenheit des Herzens, nicht gerade halten konnte!

Häßlich konnte man das Mädchen nicht nennen; den etwas großen Mund, ein Erbstück des Papa's, abgerechnet, hatte sie etwas recht Geistreiches in ihren Zügen, und die mädchenhafte Verwirrung, deren Ursache ich mir erst jetzt entzifferte, stand ihr recht leidlich; – aber wenn sie auch bei näherer Bekanntschaft mir noch interessanter ward – der Vater! – das geheime Vieh ließ mich nicht zur Besinnung kommen; er wendete sich wieder nach dem Tische zurück, an dem seine Familie saß, und ich gewahrte unangenehm überrascht, daß, während unserer Abwesenheit, der Rest der in der Schüssel gelassenen Kaltschale, wahrscheinlich vom jüngern Theil der ehrenwerthen Zwickerschen Familie rein aufgezehrt war.

Der Zug von genäschiger Hungrigkeit, von dreister und heimlicher Zudringlichkeit verstimmte mich, und ich dankte meinem Schöpfer, daß eben der Postknecht kam, und mich bat, wieder einzusteigen, damit er nicht wegen zu langen Ausbleibens vom Postamte Verdruß bekomme. Zwicker brach mit der kleinen Hälfte seines Jungviehes, das er ausgetrieben hatte, gleichfalls auf: er wollte, daß Dinchen sich zu mir in den Wagen setzen solle, um den Kutscher Straße und Haus zu zeigen, ja er ward äußerst empfindlich, als ich mich gegen seine zudringliche Einladung mit Händen und Füßen stemmte. Er warf in einigen starken Worten Bernhardinen ihre unbehülfliche Maulfaulheit vor, daß sie seine Bitten bei mir ihrerseits nicht unterstütze, und wollte verzweifeln, als das Mädchen, zu meiner großen Freude, selbst durch einen unzarten Ribbenstoß, es nicht über sich bringen konnte, den Mund zu öffnen, sondern bloß einem bittenden Blicke das stumme Gesuch anvertraute, in des Vaters Wünsche einzugehen, und mit ihrer Behausung vorlieb zu nehmen. Endlich stand er, als ich ihn bei Seite nahm und ihn darauf aufmerksam machte, daß er ja die Idee habe, unserm Freunde Blum seine Wohnung anzubieten, daß dieser vielleicht in einigen Tagen kommen könne, und daß es ihm dann an Platz fehlen würde, um beide zu beherbergen, davon ab, mich mit seiner Gastfreundlichkeit weiter zu quälen, und empfahl mir, da er sah, daß ich in meinem Plane, in einem Gasthause abzusteigen, unerschütterlich war, und ich ihn nach dem Beßten in Klarenburg fragte, den goldenen Ochsen. Ich entgegnete ihm zwar, daß mir der Postknecht den blauen Engel vorgeschlagen, aber er beharrte, höchlich entrüstet über den Engelwirth, der alle Kutscher der ganzen Umgegend in seinem Solde, und mit ihnen einen förmlichen Vertrag abgeschlossen habe, ihm jeden Reisenden von Bedeutung zuzuführen, auf seinen goldenen Ochsen, und meinte, daß dieß Gasthaus ihm das nächste sey, daß ich von da nur einige Schritte zu ihm habe, daß er alle Abende dort sein Fläschchen trinke, und daß ich da bei reputirlichen Leuten aufgehoben sey, wogegen er im blauen Engel schon um der Wirthstochter, einer unausstehlichen Prise, willen, vor der er jeden jungen Fremden freundlichst warnen müsse, für keinen Preis wohnen würde.

Mitten in dieser etwas heftigen Rede blinzelte er Bernhardinen einige Mal zu, und machte dabei Handbewegungen, als wolle er ihr zu verstehen geben, daß sie doch zulangen und einstecken solle. Anfänglich verstand ihn das Mädchen nicht, oder wollte ihn nicht verstehen; als er ihr aber seinen heimlichen Aerger in einigen bösen Blicken, die ihm wie Giftblitze aus den kleinen Augen schossen, kund gab, langte sie nach den auf ihrem Tische übrig gebliebenen Stücken Zucker und Kuchen und einigen gelben Pflaumen, und steckte sie, während er sich dicht neben sie stellte, und ihr mit seiner breiten Figur die Seiten deckte, damit der Aufwärter oder die Frau vom Hause die unschickliche Handlung nicht bemerken solle, in die Maroquintasche zu dem darin befindlichen Strickzeug. Er mußte mir den Unmuth auf dem Gesichte lesen, der mich bei der Scene überwallte; denn er belobte lächelnd Dinchens Wirthlichkeit und meinte, daß es für eine künftige gute Hausfrau ein Hauptgrundsatz sey, nichts umkommen zu lassen, und daß die alte reiche Milborn, die auf diese Weise aus Pfennigen Thaler zu machen verstanden, im Stande gewesen wäre, einen halb verbrauchten weggeworfenen Fidibus von der Erde aufzuheben, um sich einen Bogen Papier zu ersparen, wenn Jemand in der Gesellschaft sich eine Pfeife anzünden wollen.

Ich hatte erst freien Athem wieder, als ich in meinen Wagen saß.

Bernhardine ward gestrichen; und wenn sie alle Annehmlichkeiten der Welt gehabt hätte, das heimliche Einstecken – ich konnte das fatale Bild nicht aus der Seele bringen. Sie hatte es zwar auf Befehl des Vaters gethan; aber sie hätte es nicht thun sollen, nicht thun müssen. Ich wäre nie im Stande gewesen, Vertrauen zu dem Mädchen zu haben; die Gewalt, die jetzt der Vater über sie hatte, konnten künftig Eitelkeit, Intriguensucht oder andere noch schlimmere Eigenheiten über ihren Verstand und ihre Grundsätze ausüben; sie hätte mich am Ende selber in den Sack gesteckt. Hatte wirklich meine gute Großmutter die Absicht einer nähern Verbindung mit ihr gehegt, so hatte sie das im Vaterhause falsch geleitete Mädchen gewiß nicht genau gekannt. Sünde war es nicht, was sie begangen hatte, das fühlte ich wohl, denn die genommenen Sachen waren alle bezahlt; Unrecht war es auch nicht; Geiz auch nicht, denn die Lappalien waren keine zwei Groschen werth; aber Unzartheit war es. und grade dieß war in meinen Augen bei einem Mädchen ein Fehler, der mir um so unerträglicher ward, je mehr ich ihn mit allen seinen möglichen Folgen weiter ausmalte, und dann – der Schwiegerpapa, der Geheime Revisor! wie würde sich der in das freundliche Herzfelde und in das ganze Milbornsche Erbe mit seiner dummdreisten Zudringlichkeit ordentlich systematisch eingefressen haben! Nein, Dinchen ward gestrichen.

Stadtlieutenants Lotte hatte bereits früher ihren Abschied bekommen; Adele, der Zungenschläger, Stumpfnäschen Prokofjewna, Julchen, der Fernblender, alle hatten für mich schon nach der Beschreibung, nicht das geringste Anziehende; das waren also schon fünf, mit denen ich fertig war. Die beiden letzten von den belobten sieben Wundern der Klarenburger Mädchenwelt lernte ich hoffentlich gar nicht kennen; denn wenigstens nahm ich mir fest vor, mich bei keinem Menschen nach ihnen zu erkundigen.

Fahre, rief ich dem Kutscher zu, als wollte ich machen bald hinzukommen, um desto eher das mich jetzt beängstigende Klarenburg hinter mir zu haben: fahr zu, daß wir noch, ehe es ganz finster wird, den goldenen Ochsen in seiner ganzen Herrlichkeit sehen.

In den goldenen Ochsen wollen Sie? fragte der Postknecht verwundert: da bringe ich, wenn ich Ordinaire fahre, zu Marktzeiten höchstens ein Paar böhmische Zwirnhändler hin; aber etwas Reputirliches ist dort noch nicht eingekehrt. Solch ein schmucker Herr, wie Sie – ich glaube, die Leute in der ganzen Straße wiesen mit Fingern auf mich, wenn ich den vor dem goldenen Ochsen absetzte. Das ganze Ding ist nichts, als eine kleine, elendige Bierkneipe, und wenn ein Dutzend alte Herren, die des Abends dort Solo oder Schafkopf dreschen, nicht wäre, der Wirth hätte längst seinen Ochsen zwischen die Beine nehmen und damit in den Schuldthurm reiten müssen. Nein, da lob ich mir den blauen Engel! da steigen Grafen [und] Fürsten ab, und was das Menschenherz nur wünscht, Alles ist gleich da, auf den Pfiff. Das muß man dem alten Weinlich lassen, den Rummel versteht er, und wodurch sein Haus jetzt erst recht in den Flor gekommen ist, das ist seine Tochter. Das Ding, – nu, ich habe es noch ungeboren gekannt, das ist Ihnen jetzt herangewachsen wie ein Licht. Schöner ist keins in ganz Klarenburg; sie fahren meilenweit um, bloß um des Engelwirths Florentinchen zu sehen, und Sie – Sie wollen im goldenen Ochsen –?

Nun, so fahr in den Engel, rief ich halb unwillig, und ärgerte mich, zwischen zwei Spitzbuben zu stehen. Zwicker – er hatte, wie ich später übersah, triftigere Gründe gehabt, mich in seinen Ochsen zu spinden – empfahl mir seinen Bierfreund, um diesen verbindlich zu machen, und der Postknecht kirrte mich in den Engel, bloß um das ihm vom Wirthe für jeden ihm zugeführten Gast verheißenen Trinkgeldes nicht verlustig zu gehen. So wird der Mensch durch die Nebenabsichten Anderer oft zu Handlungen verleitet, über die er sich selbst keine Rechenschaft geben kann.

Als wir in die Straße bogen, in welcher das gepriesene Gasthaus lag, blies der Postknecht, als erriethe er mein Selbstgespräch über der Menschen unredliches Treiben, das Liedchen: üb' immer Treu' und Redlichkeit, bis an dein kühles Grab, und in der Bosheit sang ich heimlich dazu:

> Mein blauer Engel, aufgepaßt,
> Der Postknecht pries dein Haus,
> Und bittet für den neuen Gast
> Sein Trinkgeld sich jetzt aus.

Der in Holz geschnitzte Seraph über dem Thorwege bog sich, vom blendenden Glanze zwei großer Reverberen, zu deutsch Lichtscheinwerfer, hochbeleuchtet, einen fliegenden Bandstreifen, auf dem sein Name in großen goldenen Buchstaben zu lesen, in der Hand, und eine lange Trompete mit der er die Redlichkeit-Hymne des Kutschers zu begleiten schien, am Munde, einladend zu mir herab, und ein zweiter wahrhaft blauer Engel, ein blondgelocktes Himmelskind, in einem zartblauen, einfachen Hauskleide, stand, eine brennende Wachskerze auf silbernem Leuchter in der Linken, in der Mitte zweier, mit reichen Armleuchtern versehenen Kellner auf der Treppe, und empfing mich mit freundlichem Anstande. Sie brauchte keinen Bandstreif mit goldenen Buchstaben, wie ihr hölzerner Bruder draußen über dem Thorwege, denn ohne etwas Schriftliches vor sich zu haben, mußte doch jeder, der ihr in die sanftschmachtenden Augen sah, der die volle, frische Jugendgestalt betrachtete und das geistvolle Lächeln des Willkommens in diesem blühenden Gesichtchen gewahrte, daß dieß fröhliche Bild der Unschuld und des Liebreizes die anmuthige Florentine war, die den blau angestrichenen Trompeter über dem Thorwege, zu Nutz und Frommen der väterlichen Casse, in seinen Flor gebracht und die

Leute meilenweit herbeigezogen hatte, wie der wasserblaue Strudel die größten Kauffahrteischiffe des Oceans.

Nicht wie einen Fremden, wie einen alten, lang erwarteten Bekannten empfing mich die schöne Florentine mit mädchenhafter Bescheidenheit, beklagte mich theilnehmend über den heißen Tag, den ich zu ertragen gehabt, und fragte, ob mir, da sie sich eben zum Abendessen gesetzt, vielleicht gefällig sey, mit ihnen zu speisen.

Ueberrascht von der feinen Artigkeit des niedlichen Kindes, sagte ich, indem ich ihr den Arm bot, um mit ihr zum Speisezimmer zu gehen, in einer sonderbaren Verwirrung, eine Menge schöner Sachen, deren fade Leerheit ich fühlte, sobald sie über die Lippen waren; denn das geistreiche Mädchen beantwortete sie mit einem Stillschweigen, als wolle sie sagen, daß sie das Alles von andern schon viel besser und viel feiner gehört habe.

Papa und Mama Weinlich erhoben sich von ihren Sitzen und bewillkommten mich mit Gastlichkeit, und Florentinens Blicke auf den Tafeldecker hatte ich das Glück zu danken, mein Gedeck neben ihnen zu bekommen.

Mir verging Essen und Trinken, denn ich saß neben Florentinen; sie legte mir selbst vor, sie führte, während die Aeltern mit einigen andern anwesenden Gästen sprachen, die Unterhaltung; wußte durch ihre Manier und durch ihre Lebendigkeit den gleichgültigsten Dingen einen hohen Werth zu geben, und ward, je länger sie sprach, immer schöner und reizender. Die blendend weiße Hand, die zarte Röthe, die sich nach und nach immer mehr über die Lilienwangen ergoß, die Grazie jeder ihrer Bewegungen, das goldige Haar, das in der reichen Beleuchtung der Gasttafel wie weiche Seide erglänzte, das in einem Meere der süßesten Liebe schwimmende große Auge – Gott, wenn ich in den goldenen Ochsen gefahren wäre!

Wir waren, ich weiß selbst nicht wie, auf das Residenzleben gekommen; ich schilderte ihr – die Liebe hat die wohleingerichtetsten Schnellposten – sollte und mußte, nach der Großmutter Willen, ein Mädchen aus Klarenburg als Frau Hofräthin Blum an meiner Seite in die Residenz zurückfahren, so war es, das sagte ich mir in dem Augenblicke zwar noch nicht klar, aber das Vorgefühl dieser Seligkeit überwallte mich, daß sich mir das Blut siedendheiß über das

Herz ergoß, – so war es keine andere, als Florentine; denn im ersten Augenblicke so in Feuer und Flammen war ich mir in meinem Leben noch nicht vorgekommen – also ich schilderte ihr, ohne einmal selbst recht zu wissen, warum, unsere Residenz mit so zauberischen Farben, daß ich glaubte, sie werde sie gegen ihr Klarenburg für ein halbes Paradies ansehen; allein, sie gab weniger darauf, als ich gemeint und gewünscht hatte, und sprach dagegen dem Leben auf dem Lande bey weitem den Vorzug zu. Ich entgegnete ihr scherzend, daß sie das Landleben wahrscheinlich nur aus Büchern kenne, und daß das Ding in der Wirklichkeit ganz anders aussehe, als in den Köpfen der Romanschreiber; doch sie schüttelte, ernster werdend, das Madonnenköpfchen, und meinte, sie hätte die glücklichsten Tage ihres Lebens auf dem Lande zugebracht; eine sehr liebenswürdige Frau, Madame Milborn – fuhr sie fort, und wollte weiter sprechen, allein der Schmerz, diese mütterliche Freundin vor kaum 6 Monaten verloren zu haben, drückte ihr Thränen in die Augen, und ich hatte meine Sechste!

Richtig, sie gehörte nach dem, was sie, sobald sie sich wieder gesammelt hatte, von ihrem Leben im Hause meiner Großmutter erzählte, zu dem bewußten Siebengestirn, und plauderte nun von den herrlichen Tagen, die sie dort genossen, mit solcher Herzlichkeit, daß ich, ergriffen von dem rührenden Gemälde, welches Florentine von der Seelengüte der Hingegangenen machte, das Glas in die Hand nahm, und ohne an meine Rolle zu denken, an das ihrige stieß, und mit frommen Worten bat: dem Andenken der Madame Milborn! Kannten Sie Madame Milb – wollte sie fragen, aber das Wort blieb ihr auf der Zunge; denn ihr mochte der Gedanke durch die Seele fliegen, daß ich am Ende der Hofrath Blum sey, von dessen baldiger Ankunft sie gewiß eben so gut gehört hatte, als die ganze übrige Stadt.

Bloß dem Namen nach, fiel ich ihr möglichst unbefangen in das Wort: sie hat bei uns einen Enkel, und der ist einer meiner beßten Freunde.

Sie meinen den Hofrath Blum? versetzte sie, wie es schien, sehr angenehm überrascht, und wendete sich mit einem Gesichtchen, auf dem sich die gespannteste Neugierde verlautbarte, zu mir, und fragte, was das für ein Menschenkind sey, wie alt, von welchem

Aeußern, von welchem Charakter u. s. w. mit solchem Interesse, daß ich oft mitten in der Rede zum Wasserglase greifen mußte, um das Lachen zu unterdrücken.

Man sagt, fing sie an, und es war ihr anzuhören, das sie lange darüber gesonnen, die Frage so sein zu drehn, daß man den Weg nicht merken solle, den sie sich jetzt ins Holz zu bahnen Willens sey: man sagt, er werde bald herkommen und seine Frau mitbringen.

Seine Frau? sagte ich lachend – da klingelte es draußen, ein Kellner rief zur Thür herein: Eine Extrapost! Florentine sprang, mit einem Gesichte, als sey ihr die Unterbrechung des Gesprächs gerade jetzt sehr ungelegen, von ihrem Sitze auf, und eilte zum Zimmer hinaus.

Wie schlau doch die Mädchen sind. Das blaue Engelkind, ein kleiner Kick in die Welt von kaum siebenzehn Jahren, wirft mir da, bloß um über meine Herzensangelegenheiten ein Näheres zu erforschen, die Frage in das Blaue, ob ich verheirathet sey. Bei den vorangegangenen hiesigen Verhandlungen über meine Wenigkeit, von der sie überdieß im großmütterlichen Hause gewiß noch ein Näheres gehört hatte, wußte sie bestimmt, daß ich nicht verheirathet war, und doch fragte sie darnach, um, wenn ich, was sie voraussetzen konnte, verneinte, die zweite Frage darauf zu setzen, ob ich wenigstens nicht schon versprochen – indeß dieser heimliche Ideengang im goldenen Blondköpfchen gab mir die wohlthuende Ueberzeugung, daß es ihr nicht gleichgiltig war, ob mein Herz noch frey sey, oder nicht, und auf diese baute sich meine Eitelkeit ein recht niedliches Kartenhäuschen, in dem unter vielen andern Bequemlichkeiten meines künftigen Lebens, die ich mir da an der Seite dieses blauen Zauberbildes dachte, die Brautkammer nicht fehlte.

Jetzt ward mir auch klar, warum mein geheimes Steuervieh mir den Weg nach der Engelsburg hatte verrennen wollen. Sah ich Florentinen, so dachte ich – das hätte das Männchen in seinem dicken Merleton auf dem breiten Buckel richtig berechnet, – an Zwickers Dinchen mit keiner Sylbe mehr.

Aber, wo blieb das Mädchen so lange? Eine Extrapost, hatte der Kellner gesagt, war gekommen: Florentine hatte dasselbe Licht genommen, was sie gehabt hatte, als sie mich empfing. Bestimmt empfing sie den neuen Fremden eben so freundlich, als mich: nicht alle sind so bescheiden als ich. Eine Wirthstochter muß sich von der Rohheit der Reisenden Manches gefallen lassen – der Stuhl fing unter mir zu brennen an – mit unverwandtem Blick hing ich an der Thüre. Der Kellner brachte die vierte Schüssel unsers Nachtessens. Florentine kam immer nicht. Ein Gefühl, wie ich es in meinem Leben noch nicht gekannt hatte, zuckte mir krampfhaft durch die Brust; ich konnte keinen Bissen essen, der Wein schmeckte mir gallenbitter.

Jetzt ging die Thür auf. Florent – Nein, sie war es noch immer nicht; der Tafeldecker war es, sechs kleine Teller mit Zuckerwerk und Früchten, zum Nachtisch gehörig, in den Händen.

Die Unruhe – wie ein böses Fieber trieb es mich vom Stuhl auf, ich konnte nicht länger sitzen bleiben; meiner selbst unbewußt, eilte ich nach der Thür. Da kam Florentine, das Licht ausgelöscht in der Hand, meinte, daß ich aufgestanden wäre, um mich zur Ruhe zu begeben, und knüpfte mit der Bemerkung, daß es für uns noch manches zu plaudern gäbe, und nachdem sie dem Vater in das Ohr geraunt hatte, es wären zwei Engländer gekommen, denen sie das Zimmer Nr. 7. angewiesen habe, den Faden des vorhin abgerissenen Gespräches gleich wieder am abgerißenen Ende an, indem sie, sich mit mir wieder an den Tisch setzend, sagte: also nicht verheirathet? nun dann ist er doch wenigstens, sagt man uns hier, schon so gut als verlobt, oder ist auf dem Weg dazu; denn, setzte sie hinzu: einen jungen Mann mit solch einer Erbschaft lassen die Residenzmädchen gewiß nicht aus dem Garne.

Ich wollte, in Bezug auf meine eben erwachte leidenschaftliche Neigung zu ihr, mir den Scherz machen, und ihr zu verstehen gehen, daß, so viel ich wüßte, mein Freund Blum ganz kürzlich erst den Entschluß gefaßt hätte, sein Herz einem höchst liebenswürdigen Mädchen zu Füßen zu legen, aber – das ausgelöschte Licht, die Nachricht. daß sie zwei Engländern ein Zimmer angewiesen habe, die verdächtige Numer dieses Zimmers, ihr langes Ausbleiben, das Gewicht, das sie auf die Erbschaft legte, und – täuschte ich mich nicht, so war vorhin ihr Haar in weit zierlicheren Flechten geordnet, als jetzt, und das eine Kämmchen hing in den Locken auf der mir zugewandten Seite des Kopfes nur noch mit der Hälfte seiner Zähne.

Die Frühlingsaat, die auf dem Neulande meiner Liebe vorhin so eben erst aufgeproßt war, sie bekam den ersten Hagelschauer, und wenn auch die Sonnenblicke der blauen Feueraugen den eisigen Reif bald wieder wegschmolzen, die zarten Keime waren doch unwiederbringlich verloren.

Ich war in der Betrachtung meines vom Maifroste vernichteten Waizenfeldes so vertieft, daß ich, ohne auf ihre Aeußerungen über die schlauen Residenzschönen zu antworten, dem Grolle der Eifersucht nicht wehren konnte, und mit verhaltener Bosheit bat, ihren Kamm doch wieder festzustecken, damit sie ihn nicht verliere; auch, fuhr ich fort, und freute mich des Giftes, daß mir dabei das Herz warm übersprudelte; auch werden Sie Ihre Locken und Flechten wieder ein wenig in Ordnung bringen müssen. Es stand Ihnen, so wie es vorhin war, gar zu hübsch setzte ich erschrocken hinzu, um die Wermuthpille durch eine Art von Schmeichelei zu versilbern, denn der Unwille über meine Bemerkung röthete sichtbar ihre Wange.

Es sind nicht Alle so artig, als die jungen Herren aus unserer Residenz, entgegnete sie, Locken und Kamm ordnend, und schlug durch diese Antwort zwei böse Schmeisfliegen, meine Zweifel an ihrer Sittsamkeit und meine eitle eigensüchtige Besorgniß, daß sie mich über die beiden Engländer habe vergessen können, mit einer Klatsche mausetodt. Aber Sie wollten mir ja vom Hofrath –

Die beiden Engländer waren unartig? fragte ich für einen Fremden viel zu heftig, und meinen Antheil an dem Mädchen viel zu sehr verrathend.

Sie kennen ja diese Herren, die sich einbilden, daß ihnen für ihre Guineen in Deutschland Alles erlaubt sey, entgegnete sie, über den eben mit ihnen gehabten Auftritt noch aufgeregt: doch, fuhr sie, von dem berührten, ihr unangenehmen Gegenstande absichtlich abweichend, fort: Sie wollten mir ja vom Hofrath –

Ein Glück, daß der nicht hier ist, sagte ich bedeutend: sähe er das z. B., und liebte Sie, er schösse heute Abend noch die beiden unausstehlichen Engländer über den Haufen.

So eifersüchtig ist der? fragte sie beifällig lachend: ach das ist allerliebst; ohne Eifersucht ist keine Liebe, und versteht eine Frau die Kunst, ihren Mann durch diese Leidenschaft immer im Schach zu erhalten, so wird ihr Spiel mit jedem Zuge interessanter.

Der König aber am Ende matt, erwiederte ich, und erstarrte über das Spitzchen des Pferdefußes, das der kleine allerliebste Teufel mit seinen Höllensysteme mir gezeigt hatte. –

Verstehen Sie mich nicht falsch, versetzte Florentine, die Bitterkeit meiner Worte wohl fühlend: matt muß sie ihn nicht machen. Es ist eine alte Bemerkung, daß uns die Sicherheit unseres Glückes im Genusse desselben am Ende abstumpft. So ist es z. B. mit unserer herrlichen Gegend hier. Wir, die wir wissen, daß wir darin leben und sterben, achten sie bei weitem nicht so hoch, als die welche nur auf eine Zeit lang herkommen, und sie mit dem Gefühle besuchen, sie bald wieder verlassen zu müssen. Ein Mann, der es weiß, daß er auf seine Frau felsenfest bauen kann, der nie fürchtet, daß sie einem Andern eben so gut werden kann, als ihm, wird endlich gegen das Glück eines solchen Besitzes gleichgiltig; der Besitzer eines Landgutes ist, selbst in der bewegtesten Zeit, ruhiger, als der Besitzer von baarem Gelde, weil er weiß, daß jenes ihm kein Mensch in der Welt nehmen kann, während *dieß* eine angreifliche Waare für Jedermann ist. Den Geldkasten verwahrt Letzterer in seinem festesten Zimmer mit Riegeln und Schlössern, und schläft darum manche Nacht nicht, und gewinnt eben durch die Sorge, die ihm diese klingende Waare macht, sie um so lieber; der Gutsbesitzer läßt aber die Grenzen seines Besitzthums überall offen, weil er völlig sicher ist, daß ihm sein Gut Niemand wegtragen kann; ich weiß nicht ob ich mich Ihnen ganz deutlich mache –

Vollkommen, erwiederte ich, und fühlte wie mir über diese verdammte Sophisterei der Angstschweiß aus allen Poren brach; nur, setzte ich hinzu, um ihr die gottesvergessenen Ansichten über das Glück der Ehe zu verweisen, und sie, wo möglich, zu bekehren: nur paßt Ihre Vergleichung des klingenden Geldes mit einer hübschen jungen Frau nicht ganz! das Geld ist eine Münze für Jedermann, die Frau aber – die Legirung und das Gepräge des schönen Geschlechtes sind viel feiner, und würden darum schneller abgegriffen werden, als Münzen unseres Schrotes und Korns – die Frau aber soll ein Schau-, ein Cabinetstück seyn, nur für den Mann.

Wer hat Ihnen denn das weiß gemacht? fragte die mir immer gefährlicher werdende Florentine mit einem Schelmblicke, als gewähre ihr die Unterhaltung über dieß Capitel nur Spaß, und als werfe sie mir ihre Parodieen nur hin, um ihre eigenen Begriffe über den wichtigen Gegenstand aufzuhellen. Die Frauen gehören so gut in die Welt, als die Männer. Man verlangt von uns Gemeinsinn, Patriotismus; beides kann aber ohne Liebe zum Gemeinwesen, zum Vaterlande nicht gedacht werden: wenn jedoch diese beiden Tugenden Wurzel fassen sollen, muß in dem Herzen der Frau neben dem Platz für den Mann noch Platz für die einzelnen Glieder des Vaterlandes seyn; Ihr Frauen-Ideal hingegen soll mit der ganzen Liebe seines Herzens einzig und allein und durchaus ausschließlich dem Gatten gehören; vor den Augen Ihrer Frau mag die ganze Welt untergehen, wenn nur die Handbreit übrig bleibt, auf der Sie mit ihr leben können! Ist das nicht ein wenig zu egoistisch? zu eigen, zu herrensüchtig?

Eine Extrapost! rief wieder der Kellner in das Speisezimmer, und Florentine, scheinbar unwillig, in der Unterhaltung nochmals unterbrochen zu werden, eilte, nachdem sie mir einen freundlichen Blick und die Versicherung, gleich wieder da zu seyn, zugeworfen hatte, zum Empfang des neuen Fremden auf den Vorsaal.

Ich hatte schon die Spitze meines rechten Zeigefingers genetzt, um aus dem Verzeichnisse der bewußten Sieben auch Florentinen, als die Sechste, zu streichen; aber der eben erhaltene Blick! Was können nicht ein Paar Mädchen-Augen, und solche Augen! Ich setzte wieder ab, und meinte bei mir im Stillen, während ich aus geheimen Aerger über die dumme Einrichtung, daß die schöne Florentine das Amt des Willkommens über sich hatte, eine Menge Knackmandeln zermalmte, daß das Mädchen an der Seite eines vernünftigen Mannes, und aus den Gasthof-Umgebungen herausgerissen, von ihren heillosen Grundsätzen doch noch geheilt werden könne. Sie blieb wieder über die Gebühr aus. – Das ganze Ding war noch ein halbes Kind, ihr Herz jedes Eindruckes fähig, und bei so unvorsichtigen Aeltern, die von der Gefahr der Verführung der sie das Mädchen dadurch, daß sie es mit dem Empfange der Ankommenden beauftragt hatten, offenbar aussetzten, auf dem geraden Wege, verloren zu gehen. War der Entschluß reif, der mir, ohne daß ich es selbst recht wußte, halb dunkel vor der Seele schwebte – keine Stunde durfte sie in dem Hause bleiben; in der stillsten Eingezogenheit müßte sie vom Kreise der Frauenpflichten gediegnere Ansichten gewinnen, und bei ihrem klaren Verstande hielt es gewiß nicht schwer, sie – aber sie blieb wieder entsetzlich lange aus. Hatte das Unglück wieder ein Paar zugreifliche Nebelinsulaner hergeführt? – Ich wollte – die Angst übergoß mich, wie mit heißem Wasser – ich wollte aufstehen, sehen, wo sie bliebe; aber vorhin war ich schon gegangen, und wieder umgekehrt, als sie kam; die Aeltern und alle Gäste mußten also bemerkt haben, daß ich nichts, als sie, gewollt hätte, – was mußten sie von uns denken, wenn ich jetzt wieder ausstand, und mich wieder setzte, wenn sie zurückkam!

Ein Husaren-Major trat herein. Florentine von seinem Arm umschlungen! Beide lachten und scherzten mit einander. Sie bat mich, ein wenig zuzurücken, und ließ für den Major ein Gedeck neben ihren Platz legen; sie setzte sich mit ihm neben mich, wendete mir den Rücken, und plauderte nun mit ihm unter *einem* Lachen und Kosen, und that nicht, als ob ich in der Welt wäre.

Ich machte meinen Finger wieder naß und – löschte sie aus.

Aber ich hatte ihn in mein Herzblut getaucht; denn ich fühlte den scharfen Stich in der linken Brust, aus meinen rosenfarbenen Träumen so schmerzlich geweckt zu werden.

Beide schienen alte Bekannte zu seyn. Sie sprach von dem letzten Balle in einem benachbarten Bade; er nannte sie die Königin jenes Tages und machte ihr die zärtlichsten Vorwürfe, daß er nicht mehr als drei Tänze von ihr habe erhalten können, er erzählte, wie sich, wegen eines Mißverständnisses über das Engagement zum dritten Cotillon ein Referendarius mit seinem Adjutanten habe schlagen wollen, wie der ganze Saal über diesen Auftritt sey entzückt gewesen, wie die andern Mädchen vor Neid und Aerger hätten platzen wollen, und verrückte ihr das eitle Köpfchen immer mehr.

Ich konnte nicht länger aushalten; ich stand auf und wollte zu Bette. Unwillkührlich fiel mein Blick auf Florentinen. Nein, sie war doch zu schön! Ich sah zwar nur die Kehrseite; aber eine edlere, reizendere Gestalt konnte es nicht geben; der volle, blendendweiße

Nacken, die Alabasterachseln, der Schwanenhals, die feine Röthe der Wangen, die Pracht des goldigen Lockenköpfchens! ich drückte die Augen zu, um das Bild für die Nacht in der Seele zu behalten, um im Traume mit ihm zu schwelgen.

Sie sind, wie ich von meiner Tochter höre, rief mir der Vater zu, während er aufstand, und sich die ganze Gesellschaft von der Tafel erhob: ein Bekannter des Herrn Hofraths Blum. Wir hoffen ihn bald zu sehen. Wenn ihm unser Haus – wir würden ihn mit Freuden aufnehmen. Die selige Madame Milborn hat uns immer viel Gutes und Liebes erwiesen; schreiben Sie ihm gefälligst, das beßte Zimmer im Hause, Nr. 3., gleich neben meiner Tochter, stehe für ihn in Bereitschaft.

Verstimmt, wie ich durch Florentinen einmal war, ärgerte ich mich jetzt, daß ich nicht gleich mich für das, was ich war, ausgegeben hatte; ich hätte dann neben, dicht neben dem Mädchen gewohnt, und vielleicht heute Abend noch das Geschäft der Bekehrung anfangen können. Um aber auch dem Vater meinen Unwillen über seine verkehrte Erziehung zu erkennen zu geben, brachte ich feiner Weise das Gespräch auf Florentinen, erzählte, wie es schien zu seiner großen Erquickung, daß mein Freund Blum mir ausdrücklich den blauen Engel empfohlen, und mit wahrem Entzücken von der Tochter des Hauses gesprochen habe, über die er sehr genaue Erkundigung eingezogen haben müsse, da ich sie, nach seiner treffenden Schilderung, auf den ersten Augenblick erkannt hätte, daß er indessen, wenn er selbst kommen und sehen werde, seine Erwartungen weit übertroffen finden dürfte; es wäre mir aber sehr lieb, daß er heute noch nicht mitgekommen sey.

Ihnen lieb, daß er heute nicht mitgekommen ist? wiederholte Papa Engelwirth hochaufhorchend, und mochte aus dem grießgramigen Tone, mit dem ich das sagte, nichts Gutes ahnen: wie meinen Sie das?

Ich meine entgegnete ich, und freute mich im Innern, ihn unerwartet auf das Capitel gebracht zu haben, um meinem Unmuthe Luft zu machen: ich meine, daß er sich auf der andern Seite, in seinen Erwartungen von Mamsell Florentinen, auch wieder sehr getäuscht finden würde.

Papa Weinlich spitzte die Ohren.

So würde z. B., fuhr ich fort, ohne von der lauschenden Miene des gespannten Horchers mich stören zu lassen: die Sitte ihres Hauses, daß Mamsell Florentine jeden Fremden selbst empfangen muß, meinen Freund, wie ich ihn kenne, gewaltig verstimmen. Er ist in dem Punkte streng, vielleicht zu streng; aber dieses Entgegenkommen, dieser Willkommen liegt, ich höre ihn darüber sprechen, als stände er vor mir, nach seinen Ansichten, gewiß außer den Grenzen der Weiblichkeit.

Ich höre ihn auch, rief mit erzwungenem Lächeln Herr Weinlich: ob ich ihn gleich in meinem Leben nicht gesehen habe; aber gerade aus dem Tone sprach seine gute Großmutter auch. Mit der alten Frau habe ich über den Punkt immer meine tausend Tänze gehabt.

So? fiel ich ihm in die Rede, und freute mich, daß doch andere vernünftige, ältere Leute, mit leidenschaftlosem Blick, das auch anstößig gefunden hatten. –

Ja, fuhr Papa Weinlich fort: die Leute haben gut reden; die sitzen im Vollen, die wissen nicht was alles zum menschlichen Leben gehört! Gestehen Sie einmal, lieber Herr Geheimer Secretair, nicht wahr, es war Ihnen nicht unangenehm, beim Eintritte in mein Haus, von einem hübschen, anständigen Mädchen freundlich bewillkommt zu werden.

Nicht unangenehm? entgegnete ich: Herr Weinlich; an sich finde ich einen solchen Empfang bezaubernd, nur –

Auf den ersten Eindruck kommt in der Welt Alles an, erwiderte Papa Weinlich, von meinem beifälligen Anerkenntniß seiner Haussitte geschmeichelt. Wenn ein Fremder in ein Gasthaus tritt, und kein Mensch sich um ihn bekümmert, oder die Wirthsleute und die Dienerschaft mit kalten verdrüßlichen Gesichtern dastehen und Maulaffen feil halten, wäre es ihm denn da zu verdenken, wenn er gleich auf dem Flecke umkehrte und lieber in der kleinsten Kneipe abträte, wo ihm der Herr des Hauses wenigstens treuherzig die Hand reicht? Sonst, da noch meine Frau jung und hübsch war, mußte die heraus. Jetzt ist die Reihe an Florentinen gekommen, und ich kann wohl sagen, das Mittelchen ist immer heilsam gewesen; jeder Gast hat sich bei mir, wie bei sich selbst zu Hause gefühlt; wer einmal bei uns war, ist immer wieder gekommen, denn er hat sich als ein Glied unserer Familie angesehen.

Vortrefflich, entgegnete ich, vor Bosheit über des Alten Seelenverkäufer-System inwendig bis zum Ueberkochen erglüht: nur möchte einmal der künftige Mann Ihrer Demoiselle Tochter, vielleicht von einer so großen Familie kein Freund seyn

Hat Tinchen einmal einen Mann, sagte Herr Weinlich mit einer Miene, als hätte er diesen schon im petto: (am Ende meinte er mich selber, denn nach Sandlers Nachrichten sollte ich ja alle Klarenburger Schönen sammt und sonders heirathen) so mag er es mit seiner Frau halten, wie er will; jetzt muß sie thun, was ich will, und –

Sehr richtig, versetzte ich, und schnitt dem unbezwinglichen Staarkopf ein recht böses Gesicht: allein das werden Sie nicht in Abrede stellen, daß aus dergleichen, für ein so junges, für ein so schönes Mädchen unpassenden Artigkeiten zuweilen unabwendbare Verlegenheiten entstehen müssen. Heute Abend z. B., als die beiden Engländer gekommen waren; die Mamsell Tochter gestand selbst –

Nun, was gestand sie denn? antwortete Herr Weinlich, und man hörte, daß mein sittenrichterlicher Ton und mein unberufenes Einmischen in seine häusliche Anordnungen anfing, ihm lästig zu werden: das ganze Unglück, das vorgefallen seyn wird, ist höchstens ein Kuß, und du lieber Gott, davon ist noch kein Mädchen gestorben.

Jetzt hatte ich genug.

Ich ging ohne gute Nacht zu sagen. Florentine saß noch in einem kleinen Kreise von jungen Herren, die sich einen Napf Champagner-Cardinal hatte geben lassen, und ausgelassen laut und lustig wurden.

Mit dem grünen Herrn an ihrer linken Seite trank sie aus *einem* Glase.

Jetzt hatte ich mehr denn genug. Wenn sie nur nicht so entsetzlich hübsch gewesen wäre! Die dunkelblauen Liebessterne funkelten dem vom Champagner-Cardinal erglühten Mädchen doch wahrhaftig im Kopfe, als habe es auf dem Flecke, wo bei andern Leuten das Herz sitzt, einen ewig flammenden Vesuv in der Brust.

Louis, der unermüdlichste der flinken Diener dieses Engelparadieses, leuchtete mir voran die Treppe hinauf. Wir gingen über einen unabsehbar langen Gang, auf den von beiden Seiten eine

Menge Thüren stießen, deren jede, wie es in Gasthäusern gewöhnlich ist, mit einer Numer versehen war.

Nummer 3., das für mich bestimmte Zimmer, wenn ich unter meinem wahren Namen eingetroffen wäre, stieß, wie der Vater gesagt hatte, an Florentinens Zimmer; also mußte dieß Numer 2 oder 4 seyn.

Was ging das eigentlich mich an, besonders nach dem, was ich diesen Abend alles von dem Mädchen gehört und gesehen hatte?– Aber solche schwache Geschöpfe sind wir Männer; ich brannte vor Neugier, zu wissen, wo Florentine eigentlich wohne.

Mit der Thüre in das Haus fallen, und gerade den Kellner fragen, welches das Zimmer der Mamsell Weinlich sey? – die beiden Engländer und der Major und der grüne Herr und tausend Andere hätten es gethan; ich konnte es nicht; ich machte einen weiten Umweg, um das heraus zu bekommen.

Ein schönes Haus! begann ich, hinter dem munteren Louis hergehend, wie zu mir selbst: das müssen ja hier rechts und links über zwanzig Zimmer zusammen seyn!

Zwanzig? versetzte Louis triumphirend: sechs und dreißig wollen Sie sagen. Ja, ja, mein Herr: das kostet Beine, so den ganzen Tag Trepp' auf Trepp' ab; des Abends ist man aber auch wie zerschlagen.

Sechs und dreißig Zimmer, wiederholte ich staunend, als hätte ich in meinem Leben noch keinen großen Gasthof gesehen: und das alles lauter Fremden-Zimmer?

Alles Fremden-Zimmer erwiederte Louis: bis auf No. 1., da wohnt der Herr und die Frau und in No. 2. die Mamsell.

Und hier in Nr. 3? fragte ich lauschend, und harrte der Antwort entgegen, daß dieses Zimmer für den Herrn Hofrath Blum im Beschlag genommen sey, wo ich dann suchen wollte, ein Mehreres über diesen Blum vom geschwätzigen Louis zu hören.

Hier in No. 3. logirt der Husaren-Major. der diesen Abend noch zuletzt kam; entgegnete der Unausstehliche, und schloß mein, dieser höllischen Numer schrägüber liegendes Zimmer auf.

Ich ging, als ich allein war, zum höchsten Mißmuth umgestimmt, in meinem Stübchen auf und ab. So gefesselt, als Florentine, hatte mich in meinem Leben noch kein Mädchen; und dieser unerträgliche Leichtsinn, dieses Verkennen ihres eigenen Werthes, dieses Blindseyn gegen meine zarten Huldigungen, dieses Hingeben an dem Major, und an die Cardinalisten, und an den Grünrock, und nun gar – dicht neben Numer zwei, die verrufene Numer drei! An allen war der unselige Vater schuld, das fühlte ich wohl, und rechtfertigte des Mädchens leichtsinniges Benehmen im Stillen; aber, mochte dieß eine Quelle haben, welche es wollte, Florentine war doch, wie die Sachen jetzt standen, für mich unrettbar verloren. Die Sucht, Allen zu gefallen, Aller Herzen zu gewinnen, war zu tief in ihr eingewurzelt, selbst wenn sie noch unverdorben war, – und bei dieser Erziehung gehörte nur noch ein halber Schritt dazu, um – Es kam jemand die Treppe herauf; ich flog an die Thür, und lüftete sie ein wenig; es war Florentine; sie schlüpfte in ihr Zimmer, und rief mir – sie mußte meine Thüröffnung bemerkt haben, – eine gute Nacht zu.

*Gute* Nacht? – ach um die war es bei mir geschehen. Sie hatte über ihren Cardinal und über den Major und den Grünrock mich nicht vergessen; sie hatte nach meiner Thür gesehen; sie hatte mir mit ihrer Glockenstimme freundlich eine gute Nacht gewünscht – so sind wir einfältige Mannsbilder. – Florentine kam mir jetzt nicht halb so strafbar vor, als vorhin. Wenn die Menschen unten sie alle so angezogen hätten, als ich befürchtet hatte, so würde sie mit keiner Sylbe weiter an mich gedacht haben; aber sie hatte absichtlich nach meinem Zimmer gesehen; sie mußte recht genau hergesehen haben, denn die Thür hatte kaum einen Finger breit aufgestanden und sie hatte mich doch bemerkt, und in ihrem Gutenachtwunsch lag eine ganz eigene Herzlichkeit; das klang gar nicht so, wie man die Leute vor Schlafengehen gewöhnlich begrüßt – wer sich nur ein wenig auf die Sprache des Herzens verstand, mußte in der Weise, wie sie die paar Worte sagte, einen zarten Vorwurf fühlen, warum ich mich den ganzen Abend weiter nicht um sie bekümmert, nicht mit getrunken, kein Wort mit ihr gesprochen mich sogar ohne Abschied davon geschlichen hatte. – Sie war doch nicht so verwerflich, als sie mir meine beleidigte Eitelkeit geschildert hatte; bei ihrer Seelengüte war es vielleicht – gewiß noch Zeit, ihre kleinen Angewöhnungen wieder hinweg zu bringen; nur mußte sie je eher je lieber diesem Hause und diesem gemeinen Speculanten von Vater entrückt werden. – War es nicht, als ginge ihre Thür wieder? – Am Ende wollte sie sehen, ob die meinige noch offen stehe, – sie wollte, was vorhin nur im Tone ihres Gutenachtgrusses lag, in Worten mir deutlicher machen, und mir über mein auffallendes Betragen unten im Speisezimmer ihr Schmollen zu erkennen geben. Ich hatte, ohne es selbst zu wissen, die Klinke in der Hand, öffnete leise die Thür, und – sie war nicht da; ich streckte den Kopf weit hinaus und horchte. Die Hauslampe, die den Gang vorher beleuchtet hatte, war erloschen; auf dem ganzen, langen Gange war es mäuschenstill – nein es ward gesprochen –in der Gegend von No. 2. und 3. hörte ich zwei Stimmen leise lispeln, nicht auf der Flur selbst, sondern drinnen in den Zimmern. Gewöhnlich sind die Stuben in den Gasthäusern durch Mittelthüren mit einander verbunden; wenn No. 2. und 3. es auch waren! meine Florentine und der Major! – Als drängte mich der Satan selber mit feurigen Zangen aus meiner Stube hinaus auf den Gang, so trieb es mich fort. Mit verhaltenem Athem, mit einem Herzen voll Gift und Galle, schlich ich auf den Strümpfen, heimlich wie eine Blindschleiche, hin nach No. 2. und 3. Ich hatte mich nicht geirrt. Der Major! – ich hätte mit der geballten Faust gegen die Thür donnern mögen, so krampfhaft ballte mir die Wuth alle Sehnen und Nerven zusammen – der Major sprach etwas lauter: die verbrecherische Florentine unter dem lastenden Bewußtseyn ihrer Schuld aber so leise, daß kein Wort zu verstehen war. Englisches Kind, sagte der überglückliche Bösewicht: meine einzige Seligkeit bist Du. Was habe ich mich nach Dir gesehnt; nun ich Dich wieder in meinen Armen habe, bin ich ruhig! Aber Deinem Blum schlage ich die Beine entzwei! Mit keinem Fuße soll der Seelenverkäufer wieder über Deine Schwelle.

Ich hatte, von dem grimmigsten Jähzorn überwältigt, schon die Hand nach dem Griff an der Thüre von No. 3. ausgestreckt, als mein besseres Selbst in mir erwachte. Was wollte ich bei dem Major und Florentinen? Was gingen mich Beide an! Mußte ich dem Zufall nicht danken, daß er mir hier im Pechdunkel eine Fackel aufsteckte, die mir leuchtete bis an das fernste Ende meines Lebensweges? An welchen Abgrund hätte mich Staarblinden meine hand- und zügellos gewordene Leidenschaft für das blendend schöne Mädchen treiben können! Jetzt sah ich hell und deutlich. Ich war geheilt. Nein, der theure Herr Major hatte vor meiner Seelenverkäuferei alle mögliche Ruhe; er mochte seinen Schatz behalten. Hätte er nur ein Paar so gesunde Augen gehabt, als ich jetzt in dem Augenblicke; er hätte seine süßen Worte nicht verschwendet an den bunten flatterhaften Schmetterling, der jeden Augenblick einem andern gehörte, in dessen System es lag, keinem treu zu seyn!

Ich war während diesen, mich anfänglich niederdrückenden, später aber, als ich die Sache ruhiger beim Lichte besah, mich über mich selbst erhebenden Betrachtungen, auf mein Zimmer zurückgeschlichen, und ging in diesem über eine Stunde, mit in einander verschränkten Armen, auf und ab. Warum war ich nicht, wie mir mein streifiger Schutzgeist, Zwicker, gerathen hatte, in dem goldenen Ochsen eingekehrt! Dort, wo die Böhmischen Zwirnhändler ihr sorgenvolles Markthaupt niederlegten und des ruhigen Schlafes genossen, hätte ich auch längst die Ruhe gefunden, die ich hier in dem verhexten Engel vergeblich suchte. Aber, es ist ein Verhängniß, tröstete ich mich: es mußte Alles so kommen! Des dummen Postknechts verführerisches Zureden mußte bei mir mehr Gewicht haben, als *Zwickers* wohlmeinende Warnung. Ueber kurz oder lang hätte ich Florentinen doch einmal gesehen; ich hatte dann nicht die Gelegenheit, die Abgründe dieses falschen Herzens so kennen zu lernen, als vor der Thür No. 3. Ihr Aeußeres hätte mich geblendet; ich hätte ihr meine Hand gegeben, und wäre bis zum letzten Augenblicke meines Seyns der allerunglücklichste Mensch auf Gottes Erdboden gewesen. –

Müde, als hätte ich einen großen Kampf gekämpft, legte ich mich endlich zu Bette. Ich schloß die Augen, aber vor meinem Innern stand – ich habe es tausendmal gesagt, manche Männer gehören zu den Pudelgeschlechtern, sie lassen sich von der Königin ihres Herzens mißhandeln, und bleiben ihr dennoch zugethan, und können sich von ihr selbst mit Gewalt nicht los machen – vor meinem Innern stand der blaue Engel in dem rosigen Lichte seiner süßesten Anmuth; sie schwebte mir in das lockende Schattenreich der seltsamsten Träume voran, und ich flog, vom leichten Wolkenschaume getragen, umflimmert von dem Frühroth der seligsten Liebe, hinter ihr her, als läge die Welt mit ihren Cardinalnäpfen, ihren Majors, Grünröcken, verschrobenen Vätern, und allen den hundert, mir am heutigen Abend widerfahrenen Kränkungen eine Million Meilen unter mir. Links und rechts wallten mir der himmlischen Herrschaaren Hymnen auf den Hochgenuß der Liebe entgegen, und, als ständen die Janitscharen des lichtern Jenseit mir zur Seite, so fielen die Gewaltschläge ihrer großen Trommel, ihrer Zymbeln und Becken taktmäßig in die Sphärenmusik, die von einem nie gehörten Porzellan-Glockenspiel melodisch begleitet wurden.

Louis, der Unausstehliche, enttäuschte mich; unter dem Fenster sangen die Schüler; die Parade zog mit fliegender Fahne und klingendem Spiel über die Straße, und mein grün geschürzter Wecker fragte mich, das an einander klirrende porzellanene Kaffeezeug in der Linken, und ein Billet, das er mir reichte, in der Rechten, lachend: ob denn der geheime Secretair heute gar nicht aufstehen wolle; zehn habe es bereits lange geschlagen, und das Mädchen, welches das Billet gebracht, sey nach der Antwort schon zweimal da gewesen.

Das zierliche Briefchen war von einer Damenhand; bestimmt von Demoiselle Zwicker.

Nein, es war von der Generalin von Waldmark, der Jugendfreundin meiner verstorbenen Mutter.

Sie schrieb, von Zwicker zufällig gehört zu haben, daß ich hier eingetroffen, und ein genauer Bekannter vom Hofrath Blum sey; sie wünsche sehr dringend, mich in dessen Angelegenheiten zu sprechen, und bäte daher, sie, so bald als möglich, mit meinem Besuche zu erfreuen.

Als ich, im Begriff, zu ihr zu gehen, aus dem Hause trat, fuhr eben Herr Weinlich nebst Frau Gemahlin und zwei Damen in einem Wagen, und Florentine mit dem Major und den beiden Engländern in einem zweiten, aus, um, wie mir Louis erzählte, eine Landpartie zu machen. Ich hatte mir eingebildet, geheilt zu seyn; beide Wagen gingen mir aber so über das Herz, daß ich jeden Radnagel darin fühlte. Gutem Morgen, Herr Langschläfer! rief mir das Mädchen mit einem zauberischen Lächeln zu, und verschwand um die nächste Ecke, und ich knirschte vor geheimen Grimme, daß Florentine sich und alle Frauenwürde und allen Anstand so ganz und gar vergessen und ich mich noch darüber ärgern konnte, so mit den Zähnen, daß ich selber vor mir erschrak.

Die Weiber taugen alle nichts, brummte ich, mir Luft machend, vor mir hin, schlug ein Schnippchen, und trat, höchlich verstimmt, in das Haus der Generalin.

Das war kein Haus, das war ein Pallast; die Treppen mit feinen Teppichen belegt, auf beiden Seiten frisch blühende Blumen, Alles geschmackvoll verziert, und im ganzen Hause eine Stille, wie in einer Kirche. Diese heimliche Ruhe – sie that meinem stürmisch aufgeregten Herzen unaussprechlich wohl. Ein alter Silberkopf von Kammerdiener hatte mich nach meinem Namen gefragt, und war dann in das Vorzimmer gegangen; ich hörte ihn zwei, drei Thüren öffnen, ehe er zum Gemache der Generalin gelangte. – Der schwere Zugang zu der Frau hier, und Florentinens Oeffentlichkeit vorhin, – die Parallele fiel zum Vortheil der Generalin aus; und wenn ich auch vor einem Augenblicke erst behauptet hatte, daß die Weiber alle nichts taugten, die Generalin nahm ich, von der tiefen Eingezogenheit, in der sie zu leben schien, gewonnen, vorläufig aus; sie war ja auch die Freundin meiner verstorbenen Mutter gewesen. Schon etwas ruhiger gestimmt, verzieh ich auch Florentinen ihren Langschläfer; hätte sie gewußt, daß ich um ihretwillen erst um zwei Uhr des Morgens eingeschlummert, und daß sie selbst eigentlich die Ursache meines späten Aufstehens gewesen sey, sie hatte das neckende Wort gewiß nicht so keck hingeworfen. Wenn sie nur nicht mit diesen dreien, gerade mit diesen dreien –

Eine junge Brünette, eine Art Kammerjungfer kam aus dem Vorsaal, ersuchte den Herrn Geheimen Secretair einzutreten, und in dem nächsten Zimmer, das sie eben öffnete, die Frau Generalin zu erwarten, und ließ mich allein.

Alle Wände dieses Gemachs waren mit Familiengemälden geschmückt. Da hingen die Bilder aus der guten alten Zeit; in den Gesichtzügen all der Frauen und Mädchen hier sprach sich die keusche Züchtigkeit ihres Zeitalters aus; da war auch nicht eine, der man die ungebundene Laune, das leichtsinnige Flatterwesen einer Florentine hätte ansehen können. Ja, das waren noch Frauen*zimmer*; denen war noch das Haus ihre Welt, die lebten in ihrem *Zimmer*, die trieben sich nicht gleich mit drey fremden unleidlichen Herren auf der Straße herum! Wie sittig und ehrbar sah nicht dort die vornehme altadelige Schöne in der apfelgrünen Andrienne aus! Wie ehrenfest und gediegen hier das allerliebste Gesichtchen, in der weißen Moorcontusche! Wie fein und anständig die stolze Frau hier in dem gelb grosdetournen Reifrocke! Wie züchtig und keusch die zarte Hausehre dort in dem weiten Pauschmantel von Brabanter Kanten! Wie fromm und tugendhaft die milden Engelszüge der bildschönen jungen – mein Gott, das war ja meine Mutter in den Tagen ihrer Blüthenzeit! Der Rahmen ihres Bildes war mit einem Kranze von lebendigen Vergißmeinnicht und Immortellen geschmückt – sie lächelte aus der Blumenwelt ihrer Verklärung mit unbeschreiblicher Wehmuth zu mir herab – ich stand, von der freudigsten Rührung überrascht, vor ihr, hatte beide Hände auf die Brust gefaltet, und konnte den stillen Thränen nicht wehren, die mir aus dem kindlichen Herzen in das Auge traten. Meine Mutter, meine liebe Mutter, sprach ich leise zu ihr hinauf und begrüßte, seit langen Jahren, die Geschiedene mit nassem Blicke. Je länger ich das Bild ansah, desto lebendiger ward es; mit frommen Sinne träumte ich mich zurück in die Zeit meiner Kindheit, als sie die einzige Freundin meines Lebens war – seit sie heimgegangen, hatte ich keine mehr.

Ich hörte eine Thür gehen; ich wendete mich schnell nach dem Fenster, wischte mir die Thränen vom Gesicht, und wollte mich sammeln, um vor der Generalin die Empfindungen, die mich hier so unvermuthet überwallt hatten, nicht zu verrathen; aber sie trat schon ein, und wollte mit einer Entschuldigung anfangen, daß sie den Herrn Geheimen Secretair so lange habe warten lassen. Aber kaum hatte sie die in Fällen der Art gewöhnliche Einleitung begonnen, als sie mitten in der Rede stockte, und nach einem freundlich forschenden Blicke mit wohlwollendem Lächeln rief: Robert, mit mir wirst Du doch kein Spiel treiben? mein guter Robert, tausendmal herzlich willkommen! Diesem Bilde gegenüber, fuhr sie tief ergriffen fort: darfst Du Dich nicht verläugnen. Ihr seyd ja Beide *ein* Gesicht, es ist ja, als sähe ich mein Hannchen, Deine Mutter, in Dir lebendig vor mir.

In der weichen Stimmung dieses Augenblickes, von der Herzlichkeit des vertraulichen Empfanges unbeschreiblich angeregt, in der bildlichen Gegenwart meiner verklärten Mutter, vor der Vertrautesten ihrer Jugendzeit – wo hätte ich in der angenommenen Rolle eines fremden Dritten bleiben können!

Beschämt und verlegen zog ich, die Augen noch von vorhin voller Thränen, ihre Hand an meine Lippen; sie aber brach in ein sanftes Weinen aus, umschloß mich mit mütterlicher Liebe, und sagte, das thränenschwere Auge auf das mit Blumen geschmückte Bild gerichtet: o mein Hannchen mein einziges liebes Hannchen könntest Du doch jetzt hier unter uns seyn! Könntest Du doch aus Deiner Friedenswelt mit Deinem Segen ihn hier an meiner Seite grüßen! – Dem Mutterherzen gibt es ja nichts Süßeres, als den Stolz auf gute Kinder. Ach, daß ihr der Tod diesen Lohn ihrer Tugend, diese Freude hienieden so früh rauben mußte! – Nein – fuhr sie, mich wohlgefällig betrachtend, fort – da ist doch aber auch jeder Zug, als wäre sie es selbst. Die Söhne, die ihrer Mutter so gleichen, sollen, sagt man, gute, sanfte Männer seyn, in deren Character das Strenge ihres Geschlechts an der Milde des unsrigen verschliffen ist. Man will behaupten, daß sie Glück in der Welt haben, und daß kann auch mit natürlichen Dingen zugehn; denn das Glück der Menschen schafft sich in der Regel von selbst, besonders wenn unser Äußeres gleich etwas empfehlendes hat. Ein wohlgebildeter junger Mann gewinnt überall leicht das Vertrauen seiner Mitmenschen, und wenn die Mutter den äußeren Stempel der Sittenreinheit, der Frömmigkeit, des Zartgefühls auf den Sohn vererbt hat, kann ihm das Wohlwollen seiner Mitwelt, die Hauptquelle unsers glücklichen Fortkommens unter dem Monde, nicht fehlen. Aber Robert, fiel sie sich selbst in das Wort, ich nenne Dich Du, einen Hofrath, der Land und Leute regieren helfen soll, *Du?* –

Gnädigste Frau, rief ich bittend: lassen Sie mir dieß trauliche Du; es ist mein schönster Ehrentitel. Ihre wohlwollende Huld ist mir ja das wertheste Erbtheil meiner lieben seligen Mutter. Nehmen Sie ihren Platz ein. Ersetzen Sie mir ihren Verlust; nennen Sie mich nie anders als Du; lassen Sie mich Ihren Sohn seyn.

Ihre erste Frage, als sich allmählig unser Gespräch auf den Zweck meiner Herreise, auf die Uebernahme der großmütterlichen Erbschaft wendete, war, warum ich hier unter fremdem Namen aufgetreten sey. Sie schien anfangs die Verlarvung zu mißbilligen; als ich ihr aber Sandlers Mittheilungen erzählte, und aus einander setzte, warum ich den Namen des Herrn Straguro, statt meines eigenen hier angenommen habe, gab sie mir heimlich lächelnd ihren Beifall. Ich brachte, mit dem Entwurfe der Großmutter, mich zu verheirathen, fast mehr als mit ihrer ganzen Erbschaft beschäftigt, das Gespräch auf den bewußten Zettel. Sie stutzte, als sie hörte, daß ich davon wisse, und klagte über die Schwatzhaftigkeit unseres Geschlechtes, die selbst in Geschäftsachen sich nicht zu zügeln wisse; denn, da sie eidlich betheuern könne, von der ganzen Sache bis jetzt keine Sylbe über ihre Lippen gebracht zu haben, so müsse vom Ober-Pupillenrath oder vom Vorsteher des Armen-Wesens etwas darüber in das Publikum gekommen seyn, und Herrn Sandler zählte sie auch nicht zu den Verschwiegensten, da er sogar an einer öffentlichen Gasttafel sich darüber ausgelassen habe; über den Inhalt selbst aber, über das Mädchen, das die Großmutter zu meiner dereinstigen Gattin ausersehen hätte, wollte sie nicht näher unterrichtet seyn.

Laß Dich, hob sie, als ich ihr auf dieses Vermächtniß ein vorzügliches Gewicht zu legen schien, etwas ängstlich an: laß Dich in der Wahl Deiner künftigen Gattin durch diese letztwillige Verordnung der guten seligen Milborn nicht binden. Wen sie im Auge hatte, weiß ich nicht bestimmt, nur so viel kann ich Dir mit Gewißheit sagen, daß sie Dir keine ausdrückliche Vorschrift darüber zurückgelassen hat; dazu war sie zu klug, dazu kannte sie die Welt und das menschliche Herz zu genau. Ist Dein Herz noch frei, so wähle, welche Du willst, hier oder anderwärts; die Einkünfte der 50,000 Thalern, die Dir auf den Fall, daß Deine Wahl dem Wunsche der Großmutter entspricht, für Lebenszeit noch zufallen, können in der Sache keinen Ausschlag geben, da Du auch ohne diese Zinsen, bei dem großen Vermögen der Erblasserin sehr auskömmlich leben kannst.

Diese, fiel ich ihr in das Wort: können und sollen in der Sache keinen Ausschlag geben, gnädige Frau: selbst wenn ich zufällig die wählte, die mir zugedacht ist, würde ich auf den Nießbrauch dieses Capitals zum Beßten der Armen ausdrücklich verzichten; aber es liegt in dem Gedanken, derjenigen, die mein ganzes irdisches Glück lebenslänglich begründet hat, in jeder Hinsicht zu Gefallen zu handeln, etwas, was mich bindet, ohne mir drückend zu seyn. Fällt meine Wahl auf eine andere, so wird mir ewig der Vorwurf vor der Seele schweben, daß ich nach dem Willen –

Wille war es nicht, hob die Generalin, mich unterbrechend, an: nur Wunsch; aber ich wüßte nicht, was mir verdrüßlicher seyn könnte als Sandlers häßliche Geschwätzigkeit, Du solltest von der ganzen Geschichte kein Wort eher erfahren, als nach Deiner Verlobung. Doch, da Du nun einmal darum weißt, und ich vermuthen darf, daß Mutter Milborn auf eines der hiesigen Mädchen ihr Auge gerichtet hatte, so sollst Du sie alle kennen lernen. Ich hatte schon, ehe Du kamst, die Veranstaltung eines Balles im Sinne, auf dem keines fehlen sollte, das zum Kreise ihrer Bekanntschaft gehörte. Es ist mir jetzt selbst lieb, daß Du unter fremdem Namen kommst; denn trätest Du als der längst erwartete Hofrath auf, so würden Dir, bei Deinen äußeren Annehmlichkeiten, bei dem guten Rufe, der über Deine Kenntnisse und Deinen Wandel aus der Residenz vorausgegangen ist, und bei der glänzenden Lage, in die Dich Deine hiesige Erbschaft gesetzt hat, auf plumpe und feine Weise, von manchen Aeltern, denen der Wunsch sich einen solchen Schwiegersohn zu gewinnen, nicht zu verargen ist, so viel hübsche und zum Theil liebenswürdige Mädchen zugeführt, und hie und da gar aufgedrungen werden, daß Du, im engsten Verstande des Wortes, über die Wahl eine wahre Qual haben solltest. Heute über acht Tage also – Deine Trauerzeit ist ja, nach unseren Gesetzen seit einigen Wochen schon vorüber – und Dein Geburtsfest, das gerade heute über acht Tage auf den siebenten dieses Monats fällt, kann ich nicht besser feiern, – heute über acht Tage also bist Du zu unserm Freiwerber-Balle hiermit förmlichst eingeladen, dessen eigentlichen Zweck aber, außer uns beiden, kein Mensch wissen darf. Du wirst unter unseren Klarenburger Schönen sehr anziehende Mädchen finden; laß Dich nicht von dem Gefühl, unter ihnen eins wählen zu *müssen*, bestechen. Sagt Dir keines so zu, daß Du wünschest, näher mit ihm bekannt zu werden, so fahre ruhig in Deine Residenz zurück. Thue, als wüßtest Du von der Wahlklausel Deiner Großmutter kein Wort. Dadurch, das sichere ich Dir in ihrer Seele zu, erfüllst Du ihre Absicht am Beßten.

Vor dem großen Balle ward mir bange. Wäre ich zufällig in solch einen Kreis gekommen, so hätte es mir wohl Spaß machen können, über die Huldinnen des Klarenburger Weichbildes im Geheimen eine genaue Musterung zu halten; aber so war die Generalin mein Muster-Inspector. Natürlich belauschte diese jeden meiner Blicke jedes meiner Worte, und darum, das sah ich schon im Voraus, gefiel mir von den Ballschönen keine Einzige. Doch die Generalin baute sich, einmal auf diesen Gedanken gekommen, den Plan mit zu vielem Selbstgefallen aus, als daß ich sie davon hätte abbringen können; auch wies sie meinen spätern Vorschlag, bloß die sieben Mädchen, die wochenweise bei der Großmutter gewesen waren, zu einem kleinen gesellschaftlichen Kreise einzuladen, lachend mit den Worten ab: sie müssen Alle dabei seyn, Alle oder Keine! und ich entnahm mir halb und halb daraus, daß die Generalin am Ende doch die von der Großmutter auserwählte Person namentlich kenne, und daß diese sich unter den sieben kleinen Adjutantinnen nicht befinde.

Den ganzen Tag hatte ich bei der Generalin verbracht. Ihre geistreiche Unterhaltung, und die Herzlichkeit, mit der sie von meiner theuern Mutter und der seltenen Frau meiner Großmutter, sprach, hatte ihn mir zu der Spanne einiger Stunden verkürzt; ich mußte versprechen, während meines Hierseyns täglich zu kommen und mit ihr zu speisen. Der Mensch sollte für die Zukunft auch nicht die geringste Verpflichtung übernehmen; ich versprach, ihre Bitte zu erfüllen, und aß bis zum Balle doch nicht ein einziges Mal bei ihr.

Bei meiner Rückkunft in dem blauen Engel berichtete Louis, auf meine Erkundigung nach Herrn Weinlich, daß dieser mit der Familie und den Fremden noch nicht zurück sey, und äußerte seine Besorgniß, daß das Gewitter, das sich am Horizont aufthürmte, sie überraschen möchte. Bei der Gelegenheit erfuhr ich, daß Herr Weinlich eine kleine Besitzung auf dem Lande habe, wohin er seine Gäste gewöhnlich mitzunehmen pflege; dort fänden sich mehrere junge Herren und Damen aus der Stadt ein, und man belustige sich gewöhnlich bis spät in die Nacht; versteht sich, alles auf Kosten der Fremden. Je tiefer Papa Weinlich jetzt bei mir sank, desto mehr fing meine Gutherzigkeit an, Florentinen zu entschuldigen. Bei solch einem berechnenden Speculanten, dem die ganze Welt feil war, konnte das Mädchen, selbst mit dem beßten Willen und dem rechtlichsten Grundsätzen, sich nicht halten. Ich ging mit Louis, der mir voran leuchtete, eben über den Gang vor Nr. 2. und 3. vorbei. Dem Major gedachte ich in meinem geheimen Grolle, seine Abendunterhaltung mit der leichten Fliege, der Florentine, doch ein wenig zu Wasser zu machen, und theilte daher dem Kellner mit, daß, wie er wohl wissen werde, dem Herrn Hofrath Blum das Zimmer Nr. 3. von Herrn Weinlich im Voraus bestimmt sey, daß nach meinen heutigen Nachrichten aus der Residenz der Herr Hofrath diese Nacht unfehlbar hier eintreffen werde, und daher diesen Abend noch diese Numer 2. geräumt seyn müsse.

Louis hatte wohl von der frühern Anordnung seines Herrn gehört; aber er zuckte verlegen die Achsel, und meinte, indem er mir das Zimmer aufschloß, daß dieß mit der Aussicht in den Hof hinaus gehe, und für den Herrn Hofrath offenbar zu klein sey. Ich trat mit gedrücktem Herzen in die Stube, denn ich sollte die Thür sehen, durch die der Major diese Nacht zu Florentinen oder diese gar zu jenem geschlüpft war – aber ich holte wieder frischen Athem; vor der Thür, die zu Florentinens Zimmer führte, stand ein großer Secretair vorgerückt. – Die Eifersucht läßt sich nicht so leicht beschwichtigen; diese satanische Leidenschaft will mathematische Gewißheit, wenn sie zu Kreuze kriechen soll. – Weggerückt konnten sie ihn gestern Abend nicht haben. Ich griff ihn, während Louis mit Aufräumen von umher liegenden Kleidungsstücken des Majors beschäftigt war, und mir eben den Rücken zukehrte, unvermerkt an und wollte ihn heben; aber der war gar massiv gearbeitet, den rückten zwei Menschen nicht von der Stelle. Das ist gut, sagte ich, als besähe ich das Zimmer im Namen seines baldigen Bewohners: das ist gut, daß der Secretair hier steht, man hört dann in dem Nebenzimmer nicht so leicht, was hier gesprochen wird.

O dafür ist gesorgt, entgegnete Louis und machte mir das Herz noch leichter: drüben im Zimmer der Mamsel, steht vor der Thür accurat auch solch ein Secretair, da können Sie hier sprechen, so laut Sie wollen, sie versteht keine Sylbe drüben; aber – setzte er verlegen hinzu: der Major wird es nicht gern sehen, daß er diesen Abend noch heraus soll.

Ja, da kann ich nicht helfen, erwiederte ich schadenfroh, dem unerträglichen Herrn Major in seine Abendbelustigung so unerwartet einen gewaltigen Riegel vorschieben zu können: ich bezahle das Logis von heute an, auch wenn der Hofrath nicht kommen sollte; träfe er aber ein, und fände das Zimmer, von dem ich ihm bereits nach Biesenwerder entgegen geschrieben habe, besetzt, so würde er bestimmt, ich kenne ja seinen Eigensinn, sehr ungehalten seyn, wenn sie ihm ein anderes anweisen wollten, selbst wenn es dreimal besser seyn sollte, als dieß; und ist er grade nicht recht aufgelegt, so wendet er auf dem Flecke um und steigt irgend wo anders in der Stadt ab. Eine solche Kundschaft sich aber entgehen zu lassen, möchte ich an Herrn Louis Stelle meinem Herrn nicht leicht verantworten, denn der Herr Hofrath wird jährlich einige Mal hier seyn, und er läßt gern etwas darauf gehen; besonders ist er gegen die Diener des Hauses, wenn sie gut aufpassen, gern erkenntlich, und kann zuweilen gar freigebig seyn.

Ja dann, erwiederte der Kellner: müssen wir schon Rath schaffen; die Frau Majorin wird freilich ein böses Gesicht machen, aber –

Die Frau Majorin? fragte ich stutzend und Florentinens Stocks stiegen bedeutend.

Nun ja, versetzte Louis: die wohnt mit ihrer Schwester hier neben an, Nr. 4. Sie ist schon seit Ostern hier; ihr Regimentsarzt, Herr Doctor Blum, wenn Sie ihn kennen, hat sie nach ihrer letzten Entbindung ganz falsch behandelt; sie kam todtkrank hierher; unser Kreisphysikus hat Wunder an ihr gethan. Alle 14 Tage kam der Major und besuchte sie, und wohnte immer hier in dem Zimmer; jetzt wird er sie in einigen Tagen mit zurücknehmen; das Frauchen blüht wieder, wie eine Rose. Haben Sie sie mit ihrer Schwester heute früh nicht gesehen? Sie saß mit der Herrschaft im ersten Wagen! –

Das bis in das Tiefste der Erde verwünschte Laster der Eifersucht! Hätte ich doch alle die Jämmerlichen, die an dieser elenden Krankheit leiden, in diesem Augenblicke um mich gehabt, die kraftvolle Rede, die ich, ungehört an mich selbst hielt, hätte sie vor diesem furchtbaren, alles Seelenheil und allen Erdenfrieden zerstörendem Übel gewiß heilen sollen.

Also nicht Florentinen, sondern die Majorin hatte ich gestern Nacht sprechen gehört. Daß der Major, als er gestern Abend in das Zimmer trat, seinen Arm um Florentinen schlang, hatte ich zwar mit eigenen Augen gesehen; allein bei der langen Bekanntschaft zwischen Beiden, und bei der leichten Manier, mit der die Husaren überhaupt sich dem zweiten Geschlechte zu nähern pflegen, war das allenfalls zu entschuldigen; auch – ich mußte in diesem Augenblicke der Versöhnung gerecht seyn – auch hatte ich wohl bemerkt, daß Florentine ihn, als sie das Zimmer betrat, abwehrte, und also zu erkennen gab, daß sie dergleichen Umarmungen nicht liebe. – Daß sie heute mit den beyden Engländern in *einem* Wagen fuhr, war mir wohl auch nicht ganz recht, aber – wer weiß, wie dieß zusammenhing. Etwas Unrechtes konnte indeß da nicht vorfallen, denn der Major, ein verheiratheter Mann, ein Mann, der sich für ihr Haus, das sich seiner Frau mit so ausdauernder Liebe angenommen hatte, gewiß verpflichtet fühlte, ließ ihr sicherlich nichts zu Leide thun. Auf jeden Fall hatte ich gestern alles in zu schwarzen Farben gesehen, und je ruhiger ich heute ihr ganzes Benehmen zersetzte, desto mehr hatte ich ihr in Gedanken abzubitten, und fand ich hie und da noch eine Bedenklichkeit, wie z. B. wegen ihres Anstoßens mit dem Grünrock, so kamen dergleichen Verstöße gegen das Schickliche lediglich auf Rechnung des unbesonnenen Vaters.

Während mir das Alles im Kopfe herumging, erklärte ich gegen Louis, daß mir, bei näherer Überlegung, die Ankunft des Hofrathes noch für heute Abend doch unwahrscheinlich sey; er möchte daher den guten Major nur in Gottes Nahmen bis auf weiteren Auftrag von mir in Nr. 3. ruhig lassen.

In diesem Augenblicke kamen die beiden Wagen von ihrer Landpartie wieder zurück. Florentine saß jetzt bei ihrer Mutter und der Majorin und deren Schwester. Sie machte mir, als ich sie aus dem Wagen hob, freundliche Vorwürfe, daß ich, da ich einmal das Mitfahren verschlafen, nicht nachgekommem sey, löschte, durch ihre nicht undeutliche Beschwerde über die langweilige Gesellschaft der beiden Engländer, auch den letzten Verdacht in mir aus, und nahm sich heute weit ernster und gemessener, als gestern.

Von der Hitze des schwülen Tages angegriffen, blieb sie nicht zum Abendessen; ich hielt mich daher in der Gesellschaft auch nicht lange auf, und legte mich, ruhiger und mit mir selbst zufriedener, als gestern, zeitig zu Bette.

Aber kaum hatte ich einige Stunden geschlafen, als ich, von dem Donnerrollen eines schweren Gewitters aufgeweckt, aus meinen Träumen hoch auffuhr. Blitz auf Blitz, Schlag auf Schlag, Hagel und Schloßen und Regen und Sturm, Alles wüthete wild gegen einander und drohte rund um mit Tod und Vernichtung; und noch nicht ganz hatte sich nach einer halben Stunde des furchtbarsten Aufruhrs das grausende Wetter verzogen, als nahe und fern in den Straßen die Wächter in den widrigsten Heultönen ihrer brüllenden Hörner das Feuerzeichen gaben. Von allen Thürmen riefen die

Sturmglocken zur Hülfe auf, die Trommelschläger der Garnison durchkreuzten alle Gassen. und die mahnenden Nothschläge, mit denen sie den rasenden Wirbel ihrer Trommeln verstärkten, hätten Todte aus den Gräbern zu wecken vermocht.

Wo ist denn das Feuer? rief ich auf die Vorbeieilenden drei, vier Mal zum Fenster hinab, doch keiner stand mir Rede; einige nur entgegneten im Vorüberlaufen, daß sie es selber nicht wüßten. Doch dort, die Hauptstraße herauf, kam eine große Feuerspritze mit mehreren Fackeln in vollem Trabe angerasselt. Die alte Rathssspritze, schrieen die Leute unter meinem Fenster, als die Riesenmaschine vorbei polterte; und hoch oben stand, das Spritzenrohr in der Linken und eine brennende Pechfackel in der Rechten, der ehrbare Schlauchmeister, mein kleiner dicker Zwicker, angethan mit einem buntzitzenen Schlafrock, auf dem Kopfe einen weißen runden Hut, und den Merleton im Nacken, in fliegendes Haar aufgelös't. Verstand ich den schlauchmeisterlichen Heros recht, der die Gaffer ihm zu folgen aufforderte, so brannte es in Herzfelde.

Ich flog in die Kleider, stürmte die Treppe hinab, und bath Louis, der mir unten in der Hausflur entgegenkam mir Pferde und Wagen zu verschaffen. Nur das Reitpferd des Herrn war zu haben; ich ließ es mir rasch satteln. und jagte der Rathssspritze in gestreckten Laufe nach. Leider hatte ich Freund Zwicker recht verstanden. Herzfelde, das freundlichste Dorf der ganzen Umgegend, stand in vollen Flammen. Das erste Grauen der Morgendämmerung im Hintergrunde, die schwarzen, halb entladenen Wetterwolken auf der entgegengesetzten Seite des Horizonts, das Leuchten der schwachen Blitze in der Ferne, die stillen Sterne, die hie und da über uns durch die vorüberjagenden Nebelschleier hervorblickten, das wüthende Feuer vor uns, dessen gluthrothe Lohe himmelan stieg, der dunkele, schwarze Rauch, der sich aus einem Hause nach dem andern emporhob, und vom Winde getrieben weit fortwälzte, das Rasseln der aus der Stadt herbeieilenden Spritzen und Wasserfässer auf der langen Chaussee, das Jammergeschrei, welches uns aus dem brennenden Dorfe immer näher und näher entgegen tönte, die Angst, wohin zuerst sich zu wenden, wo zuerst zu helfen, der niederschlagende Gedanke, das Hab und Gut mehrerer unglücklichen Menschen hier vernichten zu sehen, deren Wohl und Wehe das Schicksal mir so nahe an das Herz gelegt hatte – ich durchflog das Dunkel der schrecklichen Nacht fast athemlos, fand, als ich anlangte. schon mehrere Häuser in Asche und hatte nun so viel zu laufen, zu tragen, zu retten und zu helfen, daß ich in vielen Stunden nicht zu mir selbst kommen konnte.

Unterdessen war es heller Tag geworden, und das empörte Element überwältigt; drei und zwanzig große Gehöfte, unter ihnen das schöne Wirthshaus, wo ich vorgestern einkehrte, lagen in ihren Ruinen. Wenige der Abgebrannten hatten Einiges, die Meisten Alles verloren; die Hände ringend standen sie vor dem Aschenhaufen ihrer ehemaligen Wohnungen, und weinten die heißesten Thränen über das unverschuldete Unglück. Manche hatten kaum, ihre Blöße zu bedecken, und halbnackte Kinder brachen durch ihr Hungergeschrei den Ältern das Herz, die, in wenigen Minuten vom Wohlstande an den Bettelstab gebracht, nichts hatten, um das Bedürfniß der verzagenden Kleinen zu befriedigen.

Jetzt war es Zeit, meine Rolle aufzugeben; ich wollte, sobald die armen Leute nur einigermaßen sich vom ersten Schrecken erholt hatten, sie vom Schulzen herbeirufen und um mich sammeln lassen; ich wollte ihnen eröffnen, das ich der Erbe der ehemaligen Besitzerin des Dorfes sey, daß ich mit deren Rechten, auch deren Verbindlichkeiten geerbt habe, und daß es daher meine erste und heiligste Sorge seyn solle, ihnen, nach meinen Kräften, den Schlag des Schicksals zu mildern. Ich ging mit diesen, mich selbst erhebenden Gedanken zu des Schulzen Wohnung; da lagerten schon versammelt die Unglücklichen, welche in dieser grausenvollen Nacht dem Kummer und der Hoffnunglosigkeit verfallen waren, und in ihrer Mitte stand, von den goldnen Strahlen der Frühsonne umflossen, eine Mädchengestalt, die, wie ein Engel der mildesten Liebe die Hungrigen speis'te, die Durstigen tränkte, die Halbnackenden kleidete und die Trauernden mit sanften Worten tröstete. Drei Wagen mit Brot und Wein und allerlei Lebensmitteln und Kleidungstücken schwer beladen, standen hinter ihr, und mehrere Personen vertheilten, ihrer Anordnung gemäß, die mitgebrachten Bedürfnisse unter die Leidenden, auf welche die schnelle Hülfe des wohlthätigen Engels um so eingreifender zu wirken schien, als sie, vom harten Schlage des Schicksals betäubt, sich in den ersten Augenblicken der hoffnunglosesten Verzweiflung Preis gegeben hatten. Darum drängten sich auch Alle an das Mädchen heran und küßten ihr den Saum des Gewandes und die wohlthätige Hand, und brachen in rührende Thränen aus, unter denen sich das dankbare Herz so gern ausweint, wenn, im tiefsten Abgrunde der Noth, die Gute des Allbarmherzigen sich durch seine wundersame Fügung unerwartet verlautbaret.

Was mir als Plan in der Brust lag, das hatte das liebliche Kind hier schon zur That gereift, was ich thun wollte, hatte sie schon ausgeführt. Die Freude des Wohlthuns glänzte in allen ihren Zügen; von dem Elende der Trauernden, und von dem glücklichen Bewußtseyn, dasselbe gemildert zu haben, gleich lebendig ergriffen, liefen ihr die hellen Thränen über die rosigen Wangen; mit demüthiger Bescheidenheit suchte sie den stürmischen Dank der Empfänger abzulehnen, und äußerte mit unbeschreiblicher Herzensgüte, daß das ja Menschenpflicht sey, was sie gethan, daß der Vater mehr zu schicken versprochen habe, und daß man den Glauben an Gott und Menschen nicht verlieren solle. In Kurzem wird, fuhr sie, den Trübsinn der Niedergeschlagenen mit freundlichen Worten aufrichtend, fort, und blickte auf den Kreis herab, der rund herum auf den Knieen lag, und die Liebreizende wie ein Heiligenbild, wie einen von Gott gesandten Engel der Verkündigung betrachtete: in Kurzem wird Euer neuer Herr hier eintreffen. Er soll wie das Gerücht sagt, nicht nur Eurer guten seligen Madame Milborn Güter, er soll auch ihr Herz, ihren Sinn für Wohlthun, ihre Theilnahme an fremden Leiden geerbt haben, bei ihm wird sich mein Vater für Euch gern verwenden, und ist er das, was er seyn soll, so dürft Ihr von ihm gewiß den schleunigsten Beistand, die zweckmäßigste Unterstützung erwarten. Darum verzaget nicht! hebt zu Gott Euer Auge empor; wo die Noth am größten, ist er ja immer am nächsten.

Von der frommen Rede und von dem günstigen Urtheil, daß dieser kleine Purpurmund hier öffentlich über mich aussprach, bis in mein Innerstes aufgeregt, fragte ich meinen Nachbar, der ein Klarenburger Bürger zu seyn schien: Wer ist das Mädchen? Er wußte es nicht; aber von des Mädchens herzlichen einfachen Worten waren ihm die Augen übergegangen, und er meinte, es sey ihm, als wäre er in der Kirche. Er griff in beide Taschen, holte alles Geld, was er bei sich hatte, heraus, trug es ungezählt hin, und gab es an die Ersten Beßten im Kreise der Abgebrannten.

Auch das Mädchen, das sich jetzt zum Heimgange anzuschicken schien, vertheilte, mit dem Versprechen, halb wiederzukommen und dann mehr mitzubringen, einiges baare Geld unter die Bedürftigen; aber sie gerieth in sichtbare Verlegenheit, als sie mit dem Austheilen fertig war und mehrere ihr entgegengestreckte Hände, ohne eine Gabe erhalten zu haben, sich zurückziehen sah.

Ich machte mir rasch Platz, drängte mich heran, und legte meine ganze Goldbörse in die Hand des wohlthätigen Seraphs. Ich wollte einige passende Worte dazu sagen; aber als ich jetzt dem Mädchen gegenüber stand, und ihr in die seelenvollen Augen sah, die mich mit stummen Staunen zu fragen schienen, wer ich sey, daß ich, zur Linderung fremder Noth, blankes Gold so mit vollen Händen spende, und als sie in holder Verwirrung mir, im Namen der reich Beschenkten, ihren Dank lispeln wollte und nicht konnte, weil sich unsere Blicke begegnet hatten; da versagte mir die Zunge den Dienst, und ich empfand, daß der Mund ein Untergebener mehr des Kopfes, als des Herzens ist; jenen aber hatte ich über den Anblick des liebholden Kindes fast verloren.

Wer ist das Mädchen? wiederholte ich jetzt dringender, und wandte mich mit der Frage an eine Bäuerin, die neben mir stand. Das, liebes Herrchen, entgegnete die Alte: das ist Oberforstmeisters Hannchen, drüben aus Blumenwalde. Dieses aber wandte sich in dem Augenblick mit einem Gesicht, in dem die fröhlichste Verklärung lag, zu ihren Schützlingen, und rief ihnen freudig zu, daß das Wort, was sie von der Nähe der Hülfe in der Noth versprochen, schon anfinge, wahr zu werden. Sie vertheilte jetzt meine Goldstücke mit weiser Umsicht, und wies die Dankenden, zu meiner nicht kleinen Verlegenheit, an mich. Indem diese aber mich eben in das Auge faßten und sich mir nähern wollten, um mich durch die Versicherung ihrer Verpflichtung zu beschämen, kam, bleich wie der Tod, athemlos ein junges Weib in den Kreis gestürzt, rang Hannchen die Hände krampfhaft entgegen und schrie: mein Kind, mein Kind! Hülfe, um Gottes Willen, Hülfe! Jetzt erst erkannte ich in der Verzweifelnden die junge Wirthin, die mir vorgestern die Kaltschale gebracht hatte. Nach vielen Fragen, mit denen wir die Geängstete bestürmten, die so erschöpft war, daß sie kaum mehr athmen konnte, brachten wir heraus, daß sie im ersten Schrecken dieser Nacht glaubte, ihr Mann, der früher dem brennenden Hause enteilt sey, habe ihr kleines Mädchen aus der Wiege gerettet; sobald sie sich aber einige Minuten darauf zusammen fanden, ergab sich das Gegentheil. Ich wollte in das Feuer, sagte die Unglückliche in kurzen abgebrochenen Sätzen, und hatte fast weder Thränen noch Stimme mehr, aber da riefen sie mich zurück. Meine Schwester war mit dem Kinde fort, in die Stadt, zu meinen Ältern – ich lasse brennen Haus und Hof, und eile in die Stadt – meine Schwester ist da – sie hat unser Silberzeug und unser Geld gerettet; aber mein Kind ist nicht da. – Ich komme zurück – unser Haus liegt über die Hälfte in der Asche, – ich frage alle Nachbarn nach meinem Kinde – es ist nicht da – ich will hinein in die brennenden Trümmer, – vertreten mir die Menschen den Weg und fragen, ob ich rasend sey; – Hannchen, englisches Hannchen – Ihnen folgen sie; was Sie sagen, das thun sie, – befehlen Sie ihnen, mich hineinzulassen, ich will mein Kind aus der Asche holen, todt oder lebendig! Sie warf sich zu Hannchens Füßen und umschlang ihre Kniee und schrie, sich den Bast von den Händen ringend: laßt mich zu meinem Kinde! die Wiege steht dort hinter der Brandmauer! Wer holt das Kind aus dem Hause? fragte Hannchen laut weinend in den Kreis, und hielt den Rest meiner Goldbörse hoch in die Höhe, Zwanzig, Dreißig eilten hin; aber als sie sich durch die glimmenden Ruinen den Weg zum Gebälke bahnen wollten, das sich an die Brandmauer der noch stehenden Hälfte des Hauses gelehnt hatte, schlugen von neuem die Flammen hoch auf, und das Holzwerk stand in vollem Feuer. Keiner hatte den Muth zu dem Todesgange. Dreimal setzte die unglückliche Mutter an, und dreimal kehrte sie mit brennenden Kleidern zurück. Hannchen rief, von der quälenden Angst der jammernden Mutter gefoltert, noch einmal um Hülfe, und schritt selbst nach der Brandstätte vor. Unterdessen hatte ich eine Spritze herbeigeholt, ließ das Rohr derselben seine Richtung auf eine Öffnung nehmen, die ich in dem an die Brandmauer gelehnten Gebälke bemerkt hatte, stürzte nun, im Wasserstrahl der rastlos arbeitenden Spritze, unaufhaltsam in die Flamme, wand mich durch Trümmer und Asche, und gelangte an die von der Mutter bezeichnete Stelle. Wie durch ein Wunder Gottes stand die Wiege unversehrt dicht an der Mauer; die halbverkohlten herabgebrochenen Balken waren gegen einander gefallen und hatten eine Art von Dach über der Wiege gebildet. Das Kind schlummerte in der schützenden Hand des höchsten Erbarmers; ich riß es eilend heraus, trug es, von den Strahlen der auf mich gerichteten Spritze vor den Flammen gesichert, aus dem jetzt dicht hinter mir zusammenstürzenden Gebäude und legte es in Hannchens

Arme, aus denen es die jauchzende Mutter unter dem lautesten Jubel des Volkes empfing.

Bis auf die Haut durchnäßt, entzog ich mich dem stürmischen Danke der Umstehenden, warf mich auf mein Pferd, und ritt nach Hause. Die Menschen legten auf die That mehr Werth, als sie sollten. Die Hand auf das Herz, konnte ich mir nicht läugnen, daß das Streben nach dem Beifalle des liebreizenden Mädchens mich eigentlich mehr, als jede andere Rücksicht, in die Gefahr des Feuertodes gedrängt hatte. Auf so lockerem Sande mag sich oft unsere Tugend ihre Tempel bauen! Hannchen hatte kein Wort zu mir gesprochen; aber der himmlische Blick des Entzückens, mit dem sie das Kind aus meinen Händen an ihr Herz legte, sprach die martervolle Angst, mit der sie mich in die Flammen gehen sah, die geschmeichelte Eitelkeit, daß *ihre* Bitte der Preis war, um den ich die sogenannte Heldenthat leistete, und die überschwengliche Freude über meine und des Kindes glückliche Rettung, lauter aus, als alle Rede.

Nach Tische erhielt ich ein Billet vom Oberforstmeister Wilmar aus Blumenwalde. Nach dem Eingange, in welchem er meiner vorgeblichen Großthat, eine weitläufige Prunkrede hielt, entschuldigte er sich, wegen eines kleinen Anfalls von Podagra, nicht selbst kommen und seinen und seiner Tochter Dank mir überbringen zu können; nicht, um diesen mir zu hohlen, sondern um ihm, wie er sich ausdrückte, die Freude meiner Bekanntschaft zu schenken, bäte er mich, ihn recht bald zu besuchen, und ich würde ihn und seine Tochter Hannchen verpflichten, wenn ich sie vielleicht noch diesen Abend mit meiner Gegenwart erfreute, da letztere von Zwicker gehört habe, daß ich ein Freund des Herrn Hofraths Blum sey, und sie heute noch wegen der den Abgebrannten zu leistenden Unterstützung mit mir Rücksprache zu nehmen wünschten, um mit der morgen in die Residenz abgehenden Post dem Herrn Hofrathe das Nähere dieserhalb mittheilen zu können, weil, um die eingeäscherten Wohnungen wenigstens in so weit wieder aufzubauen, daß die Abgebrannten vor Eintritt des Winters noch unter Dach und Fach kommen könnten, kein Tag zu verlieren sey.

Oft hatte ich mir aus den Dichtern der älteren und neuern Zeit das Bild des häuslichen Friedens, nach dem ich mich in den Träumen von meinem künftigen Leben im Stillen sehnte, mit den Farben meiner Phantasie ausgemalt; hier in der Oberforstmeisterei von Blumenwalde fand ich es verwirklicht. Nicht als Fremder, als vieljähriger Bekannter, als Freund, trat ich in das Haus. Hannchen mochte dem Vater viel zu viel Gutes von mir erzählt haben; er bewillkommte mich mit rührender Herzlichkeit, und sprach über die Bruderpflicht gegen fremdes Leiden mit solch einfacher Biederkeit, daß ich ihm hätte Stunden lang zuhören mögen, und jetzt wohl begriff, daß die Tochter eines solchen Vaters seine Freude und der Segen ihrer ganzen Umgebung seyn müsse. So ernst und weich heute früh das Mädchen auf dem Schreckensplatze des menschlichen Elends gewesen war, so fröhlich und heiter war sie diesen Abend. Sie hatte in dem göttlichen Gefühle, Gutes thun zu können und Gutes gethan zu haben, geschwelgt, und diese selige Empfindung hatte ihr Brust und Herz gefüllt. Mit freudiger Eile gingen wir an die Pläne zur Wiederaufhülfe der Brandbeschädigten, und alle Züge in Hannchens blühendem Madonnengesicht verklärten sich sichtlich, als ich erklärte, von Blum für jedes Geschäft bevollmächtigt zu seyn, und daß ich nur in seiner Seele handle, wenn ich im vorliegenden Falle Alles aufböte, um die wohlthätigen Entwürfe zum Beßten der Verunglückten möglichst schnell zur Ausführung zu bringen, wozu ich die erforderlichen Summen bei dem mir bestimmten Bankier in Klarenburg sofort anweisen würde.

Siehst Du, Väterchen, sagte triumphirend Hannchen zum alten Herrn: ich habe mich nicht getäuscht; Blum ist, wie ich ihn mir gedacht habe!

Und wie haben Sie sich ihn denn gedacht? fragte ich lächelnd, und wollte hören, woher sie die günstige Meinung geschöpft habe.

Hannchen erwiederte, daß die selige Madame Milborn immer mit einer Art edeln Stolzes auf die Gediegenheit seines Herzens von ihm gesprochen habe und – setzte sie bei der feinen Artigkeit, die sie mir sagen wollte, verlegen freundlich hinzu – und an ihrem Umgange, an ihren Freunden soll man ja die Leute erkennen. Wenn Blum Ihrer Freundschaft nicht würdig wäre, würden Sie dieselbe ihm gewiß nicht geschenkt haben, wollte sie hinzusetzen, aber es war, als fühlte sie die Schmeichelei, die sie auf den Lippen hatte, als schicke es sich nicht, daß ein Mädchenmund ein so verbindliches Wort einem jungen Manne ins Gesicht sage, – sie hielt daher schnell inne, und sagte zum Vater gewandt: Dein Pfeifchen will heute auch gar nicht brennen, und lief nach Papier, um sie anzuzünden. Mir aber brannte das Herz in der Brust; denn des Mädchens schlichte einfache Weise hatte etwas unbeschreiblich Anziehendes. Die frische Jugendfülle, das herrliche Ebenmaß im ganzen Gliederbau, die schlanke Figur, die zarte Anmuth in Haltung und Gang, das Melodische der Silberstimme, der eigene Liebreiz in jedem Zuge des sprechenden Gesichts, das Schelmenlächeln des kleinen Rosenmundes, das nußbraune Ringelhaar, dieß Alles waren Nebensachen, wenn man dem Grazienkinde in das blaue Auge sah, in diesem himmelreinen Seelenspiegel lagen Geistestiefe, Herzensgüte, mädchenhafte Züchtigkeit, fleckenlose Tugend, ungetrübter Seelenfriede, mit Einem Worte, eine Welt voll Seligkeit so unverkennbar, daß mir mit jedem Blicke in dieses Wunderblau ward, als würde ich selbst ein besserer Mensch, als fielen die Schlacken des Irdischen mir von Herz und Seele, als veredele sich mein geistiges Innere.

Wir gingen, – der alte Herr konnte uns wegen seiner widerspenstigen Unterthanen, wie er sein krankes Fußwerk nannte, nicht begleiten – allein in den am Hause befindlichen Garten; die köstliche Obstbaumanlage war das Werk ihrer früh verstorbenen Mutter; die tausendfarbigen Blumen-Partieen aber dankten der schöpferischen Johanna, Daseyn und Blühen. In kindlicher Unschuld plauderte sie von der Eintheilung ihrer Zeit, die ihr immer zu kurz war, weil sie die Pflege des Vaters, die Verwaltung des kleinen Hauswesens, die Abwartung ihres zahlreichen Federviehes, die Unterhaltung des Gartens, die Aufsicht über ein Vermächtniß der Madame Milborn, über die Erziehung-Anstalt verwais'ter Bauernkinder, und hundert andere kleine Geschäfte zu besorgen hatte, und die wenigen Freistunden gehörten ihrem Flügel und ihrer Bibliothek, in der ich später die beßten Classiker unserer und der französischen, englischen und italiänischen Literatur fand. Im Laufe ihrer Unterhaltung kam sie unter andern auch auf die glücklichen Tage zu sprechen, die sie im Hause meiner guten seligen Großmutter verlebt hatte, und ich erkannte die Siebente aus dem bewußten Cyclus. Das ist das Mädchen, das die Großmutter gemeint hat, sagte ich fast laut zu mir selbst, als ich die Entdeckung machte, und als müßte sie und keine andere es seyn, so ward mir zu Sinne, je mehr ich dieses fröhliche, schuldlose Wesen sprechen hörte und handeln sah. Ich wollte den

Abend in die Stadt zurück; aber Vater und Tochter baten so freundlich, doch zu übernachten, daß ich gern blieb. Auch den folgenden und den zweiten und dritten und vierten und fünften Tag war ich noch bei ihnen, und je länger ich mit ihnen lebte, desto traulicher ward unser Verhältniß, desto reizender entfaltete sich diese Knospe, desto rosiger wurde ihre Laune, desto herziger ihr ganzes Thun und Wesen. Den Morgen verbrachten wir im Garten; am Tage hatte ich mit dem alten Herrn und den aus der Stadt geholten Baumeistern und Gewerken, über die wieder aufzurichtenden Herzfelder Brandstellen mich zu besprechen, gezeichnete Entwürfe zu besichtigen, Verträge zu schließen und dergleichen mehr, und Abends – das waren meine eigentlichen Feierstunden, da sang Johanna in der blühenden Laube, und ich begleitete ihr meisterhaftes Guitarren-Spiel mit meiner Flöte; oder wir begossen ihre Blumen, wo ihr ausgelassener Muthwille nicht verfehlte, mich bei der Gelegenheit mit unter Wasser zu setzen oder wir gingen über die blumenduftige Wiese nach Herzfelde, und vertheilten unter unsere Schützlinge die Lebensmittel, die wir mit den Pferden des Vaters vorher hatten hinschaffen lassen: und wenn dann die dankbaren Empfänger, aus den Erdhütten, die sie sich in ihren Gärten zusammengeschaufelt hatten, herauskamen und sich an das Mädchen drängten, und jedes in seiner Weise der wohlthätigen Spenderin mit frommen Worten Glück und Segen wünschte, und, mit neuem Glauben an die Vorsicht gestärkt, zu dem Aschenhaufen seiner Brandstätte zurückkehrte, da wandelte Johanna an meinem Arme, mit einer Stimmung heim, die von neuem die Wahrheit bestätigte, daß Geben beglückender sey, denn Nehmen.

Am Abende des letzten Tages meines Dortseyns, waren wir wieder in Herzfelde gewesen. Ich hatte ihr früher schon gesagt, daß ich nun wieder in die Stadt müsse, und im Kurzen nach der Residenz zurückzureisen genöthigt sey; daß dieß daher unser letzter Spaziergang wäre, den wir zusammen machten. Sie kam mir – wir Männer sind doch gewaltig eitel – sie kam mir heute Abend ungemein weich gestimmt und in sich gekehrt vor, und diese kleine Anwandlung von Trübsinn, that meinem Herzen unbeschreiblich wohl. Sie äußerte, immer gehofft zu haben, daß ich meinem Aufenthalte noch einige Tage zugeben würde; der Vater habe sich an meine Gesellschaft gewöhnt, so daß er mich recht schmerzlich vermissen werde, und sie entgegnete, als ich ihr versicherte, recht bald wieder zu kommen, und dann hoffentlich länger bleiben zu können, kopfschüttelnd: sie befürchte, daß ich in der geräuschvollen Residenz das stille Leben in Blumenwalde nur zu bald vergessen werde. Sie wendete sich dabei schnell seitwärts, daß ich das Wasser nicht sehen sollte, das ihr in die Augen trat, und in dessen dunkelblauem Crystallgrunde sich das Abendgold der untergehenden Sonne wundersam spiegelte.

Ich erwiederte, von diesen sanften Thränen bis in das Tiefste meiner Seele entzückt, lächelnd, daß, wenn von Vergeßlichkeit die Rede seyn könne, ich diese mehr zu besorgen habe, als mein liebes Blumenwalde; im Kurzen werde mein Freund der Hofrath eintreffen; bei dem günstigen Vorurtheile, das sie schon von ihm habe, bei dem empfehlenden Rufe, in dem er hier allgemein, vielleicht über sein Verdienst, stehe, und bei dem annehmlichen Verhältnisse, in das ihn seine bedeutende Erbschaft gesetzt habe, müße ich mit allem Rechte fürchten, daß mich Blumenwalde mit allen seinen Bewohnern über diesen nur zu bald vergessen werde.

Mit allen? fragte sie leise, und schüttelte, ihre Frage verneinend, das gesenkte Köpfchen. Die Menschen auf dem Lande, setzte sie kaum hörbar und mit einer eigenen Art gereizter Empfindlichkeit hinzu: sind nicht so leicht, so wandelbar, als die in der Residenz; wem wir einmal gut geworden sind, dem bleiben wir es, und können ihn nie vergessen. Die letzten Worte sagte sie, von einem warmen Thränenstrome überwallt, so heimlich, daß sie mehr zu errathen, als zu verstehen waren. Ich ergriff, meiner jetzt nicht länger mächtig, die Gelegenheit des Augenblicks, und gestand ihr, was mir lange auf dem Herzen gelegen. Die Liebe lieh mir die Gewalt ihrer Sprache; ich bekannte ihr den Eindruck, den sie vom ersten Augenblicke unserer Bekanntschaft zwischen den Feuersäulen des brennenden Dorfes auf mich machte; ich erzählte, wie jeder Tag unsers Beisammenseyns diesen wohlthätigen Eindruck immer mehr und mehr verstärkte und meinen Entschluß gereift habe; ich versicherte ihr, daß meine häusliche Lage hinlänglich festgestellt sey, um ihr an meiner Seite ein auskömmliches Leben bieten zu können, und schloß mit der sanften Frage, ob ich auf meinen raschen, von der Kürze der Zeit mir vielleicht zu früh abgewonnenen Antrag, we-

nigstens die vorläufige Erklärung erwarten dürfe, nicht ganz hoffn-
unglos zu scheiden.

Wer malt die schöne Johanna, die während dieser gewichtigen,
unser beiderseitiges ganzes Lehensglück betreffenden Rede, von
meiner Linken umschlungen, ungesehen von der ganzen Welt unter
Gottes freiem Himmel, von den milden Stralen der sinkenden Sonne umflossen, mir gegenüber stand. Ihre Rechte zitterte in der mei-
nigen. Anfänglich, von dem herzlichen Ernste meiner Worte überrascht, hatte sie den Blick tief zur Erde geschlagen; dann lös'te sich
der Sturm ihrer aufgeregten Empfindungen in ein sanftes Weinen
auf. Mild lächelnd hob sie jetzt ihr geistvolles Auge zu den gold-
durchglühten Wolken, und als das Blaufeuer ihrer Liebessterne den
ganzen Lichtglanz des Feuergoldes drüben im Westen gleichsam
aufgesogen hatte, warf sie den jungen jungfräulichen Blick der süßesten Gewährung auf mich, legte, von bräutlicher Schamhaftigkeit
übergossen, das braune Lockenköpfchen an meine Brust, drückte
ihre Rechte auf mein hochklopfendes Herz, hob die Lilienpracht des
keuschen Busens, als sei ihr Miederchen, Luft und Welt zu enge,
wollte sprechen und konnte nicht, und erwiederte den ersten, den
Verlobungskuß, den ich auf die schwellenden Purpurlippen drückte, mit einer Hingebung, welche das süße Gefühl ihrer Gegenliebe
[klarer] ausdrückte, als es irgend eine Sprache der Welt vermag.

Den Stein vom Herzen, ward sie die natürliche Ungebundenheit
selbst, und über die wenigen Schritte bis zum väterlichen Garten,
brachten wir länger als eine halbe Stunde zu; denn wir hatten einander soviel zu erzählen, und zusammen so viel zu kosen und zu
küssen, daß es dunkel geworden war, als wir zu Hause anlangten.
Hannchen lispelte mir die Bitte zu, mit dem Vater zuerst davon zu
reden, heute aber, wo ihr alles zu neu sey, noch nicht davon anzu-
fangen, und entschlüpfte, unter dem Vorwande einer Menge häusli-
cher Geschäfte, mir unter den Händen. Ich konnte indeß dem Dran-
ge meiner Empfindungen nicht widerstehen, sondern sprach gleich
mit dem alten biedern Waidmann das ernste Wort meiner Wünsche
mit bescheidenem Freimuthe, überraschte ihn mit der Eröffnung,
daß sein künftiger Schwiegersohn nicht der vermeintliche Geheim-
secretär Straguro, sondern der Hofrath Blum selbst sey, setzte ihm
die Gründe aus einander, die mich bestimmt hatten, unter jenem
angenommenen Namen hier aufzutreten, bat ihn, seinem Hannchen

davon bis jetzt noch keine Kunde zu gehen, weil ich mir so eben, auf dem Gange von Herzfelde hieher, einen andern paßlichen Zeitpunkt dafür ausgesonnen habe, und setzte hinzu, daß mir der Einfall, meinen Namen zu verheimlichen, jetzt um so lieber sey, als ich in der Rolle des Fremden, Bedeutunglosen die Ueberzeugung gewonnen habe, daß sein holdes Kind als ein vom liebenden Herzen, und von keinen andern Nebenrücksichten bestimmt worden sey, mir seine Hand zu geben.

Mit stürmischer Fröhlichkeit umschloß mich der Vater, und konnte den Freudenthränen nicht wehren, die ihm diese Nachrichten aus dem Innersten seines Gemüths in die Augen drängten, entschuldigte, auf seine beschränkte Vermögenslage hindeutend, seinem Kinde auf dem Lebenswege in die Welt nicht viel mehr mitgeben zu können, als dessen gutes Herz und ihre Bildung, und schien die darauf erwiederte Versicherung, daß diese beiden Schätze gerade die Hauptpunkte meiner Wahl wären, und daß die mir von meiner guten Großmutter bereitete Lage, mich der gefährlichen Nothwendigkeit überhoben hätte; mich nach einem reichen Mädchen umsehen zu müssen, beifällig zu hören.

Jetzt trat Hannchen herein, und um das Gespräch auf ein anderes Capitel zu bringen, fragte er sie, wo sie ihre kleinen Schmucksachen hingelegt habe; er hätte sie, in der Voraussetzung, daß sie selbige zum morgenden Balle bei der Generalin anlegen werde, während ihrer Abwesenheit in ihrem Schranke gesucht, um sie Beaten, dem Dienstmädchen, zum Putzen zu gehen; allein sie seyen nirgend zu finden gewesen. Hannchen erwiederte, die gewaltige Verlegenheit, in die sie durch die Frage gerieth, mühsam verbergend, daß sie gar nicht wünschte, die Sachen anzulegen, da Mehreres, so lieb es ihr an sich als Andenken ihrer guten seligen Mutter und der Madame Milborn auch wäre, nicht ganz modisch gefaßt, und das Ganze zur Einfachheit ihres Anzuges nicht recht passend sey. Da hat mir, entgegnete der Vater mit weicher werdender Stimme, und legte segnend die Hand auf des Kindes Lockenkopf: da hat der alte Isaak aus Klarenburg die Sache anders erzählt; bei dem liegt der ganze Schmuck, und Du hast ihn verwandelt in Thränen der Freude und des Dankes.

Mein Vater! unterbrach ihn Hannchen bittend, als wolle sie nicht, daß mir ihr stilles Tugendwalten so verlautbart werde; aber der Vater schloß sie in seine Arme und sagte: so fromm und mild war Deine Mutter auch, und was ihre Linke that, davon sollte ihre Rechte immer nichts wissen! Sieh, wie solche Gutthat Früchte trägt! Der alte Isaak erklärte, daß, seit er von den Leuten in der Stadt erfahren habe, daß Du für die Herzfelder Abgebrannten das geliehene Geld verwendet hättest, es ihm unmöglich sey, einen Pfennig Zinsen zu nehmen, und wenn Du auch erst nach zehn Jahren Dein Pfand wieder einlösest.

Tief ergriffen von dem himmlischen Zuge des lieblichen Kindes, zog ich sie vor den Augen des Vaters an meine Brust, und der Alte legte auch auf mich seine segnende Hand und weihte den Bund, den Liebe, Tugend und Unschuld geschlossen, ohne Wort und Laut; denn Hannchen sollte ja nicht wissen, daß ich bereits mit dem Vater gesprochen.

Daß ich denselben Abend noch, sobald ich in Klarenburg eintraf, den Schmuck vom alten Isaak wieder einlös'te, und mehrere solche Kleinigkeiten nach dem neuesten Geschmack dazu legte, daß ich, im Sinne meiner guten Großmutter, eine siebenzeilige Perlenschnur, einen Leibgürtel mit sieben, fast bis zur Erde reichenden Korallenschnüren, und einen Kamm, auf dem sieben einzeln gefaßte Diamanten das Siebengestirn bildeten, hinzufügte, und daß all diese blitzende Herrlichkeiten den andern Morgen mit einer ganzen Sammlung der elegantesten Ballkleider an den alten Herrn nach Blumenwalde hinaus wanderten, mit der Bitte, meinem holden Hannchen dieß Alles in seinem Namen zu überreichen, und ihr zu sagen, daß ich diesen Nachmittag mit einem Wagen kommen und sie auf den Ball abholen wolle, versteht sich von selbst.

Ich eilte hierauf zur Generalin, die ich die ganze Woche mit keinem Auge wieder gesehen hatte, und die, als meine nächste mütterliche Freundin, die erste seyn sollte, welche von meiner glücklichen Bräutigamschaft erfahre; aber diese hatte den Kopf so voll von den Anstalten zum heutigen Ball, und mit Koch, Conditor, Tafeldecker und Bedienten so viel zu sprechen, zu fragen und anzuordnen, daß ich zu einem traulichen Worte unter vier Augen gar nicht kommen konnte, und mein süßes Geheimniß auf dem Herzen behalten mußte. Doch benutzte ich den Umstand, daß sie, um des lästigen Vorstellens der ankommenden Gäste überhoben zu seyn, den alten Silberkopf, ihren Kammerdiener, ausführlich unterrichtete, die Gäste, bei ihrem Eintritt in den Saal, wie es in den französischen höhern Cirkeln Sitte ist, laut und vernehmlich beim Namen zu nennen, zur Ausführung meines Plans, und versiegelte dem alten Manne mit einem Goldstücke den Mund, daß er ihn halte, bis es Zeit sey. Und als ich nun Abends, an der Seite meiner Johanna, die in ihrem köstlichen Ballstaate, mit ihrer stolzen Figur, mit ihrem edeln Anstande, wie die geborne Königin des Festes aussah, in den hocherleuchteten Saal trat, rief mein alter ehrlicher Kammerdiener, der von mir erhaltenen Anweisung gemäß, laut und vernehmlich in die bunte Gesellschaft: Der Herr Hofrath Blum mit seiner Braut, Demoiselle Johanna Wilmar! und vom Orchester herab ertönte, auf Anordnung des alten sinnigen Weißkopfs, der Schall von Trompeten und Pauken, und der überraschte Kreis staunte mit lauter Bewunderung die schöne Johanna an, die von der unerwarteten Verlautbarung ihres heiligen Geheimnisses, das sie nur bei sich und mir aufbewahret glaubte, und von der Entdeckung des vielbesagten Herrn Hofraths in meiner Wenigkeit bis in das Innerste erbebt, ihrer kaum mehr mächtig, sich gegen die Versammlung verbeugte, und vom dunkelsten Karmine der bräutlichen Verwirrung übergossen, der mütterlichen Freundin, der Generalin, fast besinnunglos in die Arme sank.

Robert rief diese in freundlicher Rührung, und küßte mein süßes Hannchen in das Leben zurück: wie unnennbar glücklich machst Du mich durch diese Wahl! Du verschönerst mir, durch Hannchens Einführung als deine Braut, meinen Ball zum Feste, meinen Saal zum Brauttempel, den Abend zu einem unvergeßlichen für mein ganzes Leben. Sie wollte im Ergusse ihrer mir unbeschreiblich wohlthuenden Freude noch mehr sagen; aber von allen Seiten drängten sich Hannchens Gespielinnen und Jugendfreundinnen heran, und brachten ihr die Versicherungen ihrer Theilnahme und ihre Wünsche; und mich umkreisete eine Menge Herren und älterer Frauen, die mich als Enkel ihrer Freundin, der Madame Milborn, und als Sohn ihrer vertrauten Jugendbekanntin, meiner seligen Mutter, mit reiner Herzlichkeit bewillkommten, und mir zu Hannchens Wahl Glück wünschten. Desselbigen gleichen that auch mein kleiner Steuer-Revisor Zwicker, der mich breit abschmatzte, und mir zugleich im Vertrauen steckte, daß er mir sein Tinchen im Geheimen zugedacht habe; da ich indessen sehe, fuhr er fröhlich fort: daß sich unser guter Herr Hofrath anderweit eingelassen hat, so habe ich diesen Augenblick dort drüben dem jungen Blaufrack mit den gelben Knöpfen, dem Hofrath Wachtel, einem reichen Hecht, der mir um des Mädels Willen schon ein Jahr lang um den Bart geht, die Tine zugesagt. Wachtelchen, rief er dem feinen Manne zu: kommen Sie her, unser Blümchen blüht für eine andere; haben von ihm nichts mehr zu fürchten! Seyd beide Bräutigam, müßt Euch näher kennen lernen; küßt Euch Kinder, seyd gute Freunde und damit Basta! Ich wollte über den kleinen Stehauf, der heute in seinem meergrünen seidenen Kleide, einen Degen mit porzellanenem Gefäße an der Seite, und die dicken Butterfässer von Waden in vergilbten Strümpfen gar possirlich aussah, lachen, aber – er war ja in jener Schreckensnacht, unter Donner und Blitz, mit in Herzfelde gewesen, und hatte dort seine Schlauchmeisterpflicht redlich und treulich erfüllt, und das Menschenelend nach Kräften mit lindern geholfen; das fiel mir ein, und ich konnte nun über die komische Außenseite des kleinen Vitzliputzli nicht mehr lachen, sondern drückte ihm und seinen neuen Schwiegersohn herzlich die Hand. Ich wollte noch ein langes mit ihm verkehren, aber da kam die niedliche Florentine mit dem Grünrock angeflogen, gratulirte mir zu Hannchens Besitz, und stellte mir den grünen Freund als ihren seit gestern Abend verlobten Bräutigam vor, und so vermittelte sich denn binnen wenigen Minuten, daß Lottchen Sandler, Adele von Strahlenthal, Prokofjewna Tschimadunow und Bürgermeisters Julchen, kurz alle sechs Mädchen meines Siebengestirns, theils förmlich verlobt, theils unter Zustimmung ihrer Ältern so gut als versprochen waren. Um dem Festabende daher seine volle Würze zu geben, und die kleine Last des freudigen Schrecks (unter der mein armes Hannchen vorhin fast erlegen wäre, als ich sie der ganzen Gesellschaft als Braut vorstellte, da sie es selber noch nicht einmal recht wußte,) unter die Uebrigen zu vertheilen, damit sie leichter trage, stellte ich mich mitten in den Saal, bat die Gesellschaft um geneigtes Gehör, und erklärte ihr nun, während oben das Orchester sich schon zur Begleitung bereit hielt, daß wir hier zusammen gekommen wären, nicht um *eine*, sondern um *sieben* Verlobungen zu feiern. Jetzt las ich die sieben Paare, deren Namen ich mir aufgezeichnet hatte, zum lauten Jubel sämmtlicher Gäste, mit heller Stimme ab, und während auf ein gegebenes Zeichen oben Trompeten und Pauken drei Mal durch einander schmetterten und wirbelten, daß man sein eigenes Wort nicht hören konnte, lag unten die ganze Gesellschaft einander in den Armen; denn sie waren Alle durch die sieben jungen Paare einander näher oder entfernter verwandt geworden, sie waren alle *eine* Familie. Jetzt die Braut-Polonaise! rief ich nach dem Orchester hinauf, denn ich befürchtete, erdrückt zu werden; alle sechs Mädchen kamen, jede mit ihrem Bräutigam und ihren Ältern, Tanten und Oheimen, und küßten, herzten und umhalseten mich, daß ich schier meinte, es wäre mein Letztes. Als ich aber die Polonaise ordnen wollte, um die sieben Paare voran tanzen zu lassen, trat Vater Wilmar in den Saal, rief daß ihn die Freude nicht länger zu Hause gelassen habe, daher er der gastlichen Einladung gefolgt und, Podagra und allen Schmerz vergessend, gekommen sey, diesen Festabend mit uns zu feiern. Ein tumultuarisches Halloh des jungen Kreises hieß ihn unter uns willkommen. Hannchen ging ihm entgegen und klagte ihm die entsetzliche Verlegenheit, in die ich sie gesetzt hatte, versicherte hoch und theuer, daß sie an dem Allen wahrhaftig nicht Schuld sey, und – noch nicht Ja gesagt habe. Nun so sag' jetzt Ja, Hannchen, erwiederte der Alte fröhlich: wenn Du sonst gegen unsern Herrn Hofrath nichts zu erinnern hast; wir zwei Beide sind darüber schon seit gestern Abend mit einander im Reinen.

Also hast Du, Väterchen, an dem schelmischen Anschlage Theil genommen? rief Hannchen in einem Gemische von scherzhafter Unbefangenheit und freudiger Rührung: ich bin durch Euch wie verrathen und verkauft. Du hast gewußt, daß der gefährliche Mensch unter fremden Namen in unser Haus kommt? Ich sollte schmollen, ich sollte böse seyn; ach und ich kann nicht, denn ich habe ihn – ihr brach die Stimme, sie schmiegte sich lächelnd an den Vater und sagte leise – entsetzlich lieb.

Die Braut-Polonaise, die Braut-Polonaise! erscholl es von allen Seiten, und die Mutter Generalin bat den Vater Oberforstmeister um den Tanz, und vom Orchester herab ertönte mit vollstimmiger Musik der prächtige Polentanz, und an der Spitze des langen Festzuges schwebte Johanna an meiner Seite durch den Saal, hold und schön, wie ein Liebesengel aus höheren Welten, und die älteren, nicht mittanzenden Herren und Damen drängten sich heran, um das liebreizende Kind in seiner bräutlichen Herrlichkeit zu schauen, und Alles beugte sich, als sie vorüber tanzte, vor ihr, dem Zauber ihrer Anmuth huldigend, und der kleine dicke Zwicker bückte sich so tief, daß ihm der heute absonderlich von Puder und Pomade strotzende Merleton vorn über schoß, und ihm zwischen den gelblichen Wangen baumelte. Johanna selbst aber, die Allgewalt ihrer Reize nicht ahnend, und über das Vorgegangene immer noch nicht recht zu sich selbst gekommen, vermeinte, gar nicht mehr auf Erden zu seyn. Es ist mir, sagte sie, und in der Azur-Bläue ihres seelenvollen Auges lag eine himmlische Verklärung: als schwebte ich zwischen den lichteren Räumen der rosigsten Traum-Welt, als wollte mir die lauterste Freude die überselige Brust von einander sprengen.

Kaum war der köstliche Tanz geendet, so stürmten die sechs Bräutigame heran, und bathen Hannchen um Cottillons, Françaisen und Walzer, daß ich fast in Versuchung kam, den Eheherrn zu spielen, und die Tanzlustige vor dem Zuviel zu warnen. Doch die Generalin winkte mir, ihr zu folgen, und führte mich in ein stilles, entferntes Gemach, wo sie mich zweien ältlichen Herrn vorstellte. Der eine war der Ober-Pupillen-Rath, der Vollzieher des von meiner guten Großmutter hinterlassenen Testaments, der andere der Vorsteher des Armenwesens. Es mag vielleicht Unrecht seyn, Robert, daß ich Dich in der Freude störe, hob die Generalin an: aber – nenne es Neugierde, Vorgefühl, Ahnung, wie Du willst, – Du weißt von der versiegelten Bestimmung unserer seligen Milborn, die in meinen Händen ist. Der Augenblick, daß wir das Blatt eröffnen dürfen, ist da, Du hast deine Verlobung uns angekündigt; die beiden Herren, in deren Gegenwart die Eröffnung geschehen soll, sind auch da. Willst Du also, so thue mir den Gefallen und laß uns zum Werke schreiten.

Wohl war mir der gegenwärtige Zeitpunkt nicht recht passend; nicht, weil ich ein Mißbehagen fürchtete, wenn die Einkünfte der ausgesetzten Summe mir darum entgingen, daß meine Wahl von den Wünschen meiner Großmutter abwichen; denn durch Hannchens Besitz war ich ja für dieß Alles tausendfach entschädigt; sondern weil der Wechsel aus dem lustigen Ballsaal in das stille Zimmer, aus den Armen der Liebe in die des Todes, doch auch gar zu grell war; doch – die Generalin wünschte es, und ich mochte und konnte mich nicht weigern.

Nachdem daher der Pupillen-Rath sich und uns von der Unverletztheit des Siegels überzeugt hatte, erbrach er dasselbe, erkannte mit uns die Unterschrift der Verstorbenen für richtig, und begann die letztwillige Verfügung der Erblasserin, wie folget, zu verlesen. Blos weil der Inhalt von dem, wie ihn Freund Sandler, der wohl lauten aber nicht zusammenschlagen gehört, erzählt hatte, in etwas abwich, und um der Großmutter Sonderbarkeiten aus ihrer Schreibart kennen zu lernen, setze ich ihn wörtlich her:

Die in meinem Testamente §. 65 erwähnten, bei der Bank belegten 50,000 Thlr. kündigt mein Enkel Robert, hebt sie und verwendet sie zu milden Zwecken nach eigenem Gutdünken. Heirathet er aber die, welche mir unter den Mädchen meiner Bekanntschaft am beßten gefällt, weil sie die hübscheste von allen, und ein frommes, anstelliges, wohl unterrichtetes Kind ist, das von dem zeitlichen Vermögen, was ihrem Gatten, meinem Enkel Robert, aus meiner Hinterlassenschaft zufällt, für die Armuth gewiß einen weisen Gebrauch machen wird, so soll mein Enkel Robert das Capital jener 50,000 Thlr. bei der Bank stehen lassen und die Zinsen davon sollen ihm und seiner Frau, so lange eins von beiden lebt, zu Gute kommen; sind aber beide mit Tode abgegangen, dann soll dieß Capital der Armen-Casse zu Klarenburg verfallen seyn auf ewige Zeiten. Das Mädchen, daß ich meine, heißt, wie meine selige Tochter, Hannchen, und ist das einzige Kind des Forstmeisters Wilmar zu Blumenwalde. Und Beide sollen fröhliche Tage mit einander haben, und lange leben auf Erden: denn es sind beides gute Kinder, die ihren Ältern Freude gemacht, und für fremde Leiden Gefühl haben; darum gebe ich ihnen gern Mittel in die Hände, die Noth ihrer Mitmenschen zu lindern, wo sie wissen und können, und die gute Saat, die sie ausstreuen, wird grünen und Früchte tragen, und diese sollen mir lieber seyn, als alle steinerne Denksäulen, die ich mir höflichst verbitte.

Sie hat Hannchen gewählt! rief ich freudig bewegt, und umschloß die Generalin mit kindlicher Liebe, und eilte in den Saal zurück, und holte den Vater und das Mädchen, und ließ sie beide mein Glück wissen, *das* Mädchen gewählt zu haben, das mir gleichsam bestimmt war. Hannchen sprach mit tiefer Rührung: ist mir es doch gewesen, als fehle mir noch zu meiner Seligkeit der Segen aus der Welt der Verklärten, unter denen mein Mütterchen wandelt! Nun ich jetzt aus jenem Friedensreiche den Willen des höheren Geschickes vernehme, ist auch der letzte meiner Wünsche erfüllt; denn was drüben über den Gräbern im Lande der Liebe und der Einigkeit, das Eine will, das muß ja auch das Andere wollen, und darum wird es mir zur Überzeugung, was mir als Ahnung vor der Seele schwebte, daß, wenn meine Mutter noch lebte, sie segnend meine Hand in die meines Roberts legen würde, und darum wird unser Leben hienieder, mein einziger Robert, ein fröhlicher Gang auf immer frischen Blumen seyn. Was aber jene Summe betrifft, die uns durch den glücklichen Zufall der übereinstimmenden Wahl zu Theil wird, so lege ich meinem Robert hier vor seinen, seiner verehrten Großmutter und meinen nächsten Freunden die erste Bitte an das Herz. Das Unglück in Herzfelde führte uns zusammen; sollte den armen Abgebrannten jene Nacht, aus der uns der Morgen unserer glücklichen Liebe heraufdämmerte, der Anfangspunkt ihrer lebenslänglichen Verarmung bleiben? Sollen sie, während wir jenen Morgen, als den ersten unseres Glückes segnen, ihn als den ersten ihres Unglücks, aus der Reihe der Tage verwünschen? Mein Robert hat für den Wiederaufbau ihrer Wohnungen mit edler Freigebigkeit gesorgt; aber es fehlt zu dem Übrigen ihrer Bedürfnisse noch so viel, und wird noch lange so viel fehlen, das – Du begegnest meinen Gedanken, rief ich, sie unterbrechend, und wir erklärten nun feierlich vor den drei alten Herren und der Generalin, daß wir auf die Einkünfte jener Summe förmlich verzichteten, daß vor Allem die Abgebrannten in Herzfelde darauf die nächsten Ansprüche haben, und daß, wenn diese mit der Zeit befriedigt, nur milde öffentliche Zwecke damit erreicht werden sollten. Die würdige Generalin bat uns nun, in die Gesellschaft zurückzukommen, und wir genossen die Freude des seltenen Abends mit der Seligkeit, die nur dann ganz ungetrübt ist, wenn das Bewußtseyn, die Noth des Bruders nicht vergessen zu haben, uns das Herz erwärmt. Mein himmlisches Hannchen – die andern sechs Bräute waren hübsch, bildhübsch, manche gar schön und unter den übrigen Klarenburger Holdinnen, fanden sich wahrhaft mehrere, die der sachkundige Maler oder Bildner, sich gern zum Modell würde gewählt haben, aber – mein engelschönes Hannchen war doch die allerallerschönste; der funkelnde Schmuck in dem braunen Ringelhaar, der matte Schmelz der siebenfachen Perlenschnur auf dem blendenden Alpenschnee des jungfräulichen Busens, der brennendrothe Korallengürtel um die jugendliche, schlanke Hüfte, die sieben langen Korallenschnüre und die dicken Korallenquasten unten an den Enden der Schnüre, die das wunderniedliche Füßchen zierlich umspielten, und die Anmuth ihres Tanzes, die herzige Fröhlichkeit ihres Gemüths, die rosige Glut in den blauen funkelnden Liebes-Sternen, und die Würze der süssen Küsse dieser frischen Purpurlippen! Nur wer die Wonne des Brautlebens kennt, wird das Entzücken, ein solches liebreizendes Kind sein nennen zu können – wird dir Feier eines solchen Brautabends zu ermessen vermögen!

Nach Jahresfrist holte ich meine kleine Frau Hofräthin in die Residenz ab, und als wir durch Herzfelde fuhren, standen schon alle die Brandstellen wieder mit freundlichen Häusern bebauet, und über der Thüre eines jeden hingen, als sey es Johannistag, uns zu Ehren, frische Blumenkränze; alle Bewohner hatten sich zum wehmüthigen Abschiede festlich angethan, umstellten den Wagen, reichten ihre Hände hinein und dankten und segneten uns, und weineten laut; denn sie verloren ihren wohlthätigen Schutzgeist, ihr angebetetes Hannchen, aus ihrer Nähe.

Hannchen aber lag, als wir das Dörfchen im Rücken hatten, von der einfachen Herzlichkeit ihrer Schützlinge tief gerührt, an meinem Herzen und lispelte, das blaue Auge gen Himmel gerichtet und die kleinen Hände vor der Brust wie zum Gebete gefaltet: Laß uns, mein Robert, gut seyn immerdar, damit uns, wenn wir einst aus diesem Leben scheiden, wie ich jetzt aus dem Vaterhause, solche Thränen, solche Segnungen folgen mögen in das ewige Jenseit!

## Über tredition

### Eigenes Buch veröffentlichen

tredition wurde 2006 in Hamburg gegründet und hat seither mehrere tausend Buchtitel veröffentlicht. Autoren veröffentlichen in wenigen leichten Schritten gedruckte Bücher, e-Books und audio-Books. tredition hat das Ziel, die beste und fairste Veröffentlichungsmöglichkeit für Autoren zu bieten.

tredition wurde mit der Erkenntnis gegründet, dass nur etwa jedes 200. bei Verlagen eingereichte Manuskript veröffentlicht wird. Dabei hat jedes Buch seinen Markt, also seine Leser. tredition sorgt dafür, dass für jedes Buch die Leserschaft auch erreicht wird.

Im einzigartigen Literatur-Netzwerk von tredition bieten zahlreiche Literatur-Partner (das sind Lektoren, Übersetzer, Hörbuchsprecher und Illustratoren) ihre Dienstleistung an, um Manuskripte zu verbessern oder die Vielfalt zu erhöhen. Autoren vereinbaren direkt mit den Literatur-Partnern die Konditionen ihrer Zusammenarbeit und partizipieren gemeinsam am Erfolg des Buches.

Das gesamte Verlagsprogramm von tredition ist bei allen stationären Buchhandlungen und Online-Buchhändlern wie z. B. Amazon erhältlich. e-Books stehen bei den führenden Online-Portalen (z. B. iBookstore von Apple oder Kindle von Amazon) zum Verkauf.

Einfach leicht ein Buch veröffentlichen: **www.tredition.de**

## Eigene Buchreihe oder eigenen Verlag gründen

Seit 2009 bietet tredition sein Verlagskonzept auch als sogenanntes "White-Label" an. Das bedeutet, dass andere Unternehmen, Institutionen und Personen risikofrei und unkompliziert selbst zum Herausgeber von Büchern und Buchreihen unter eigener Marke werden können. tredition übernimmt dabei das komplette Herstellungs- und Distributionsrisiko.

Zahlreiche Zeitschriften-, Zeitungs- und Buchverlage, Universitäten, Forschungseinrichtungen u.v.m. nutzen diese Dienstleistung von tredition, um unter eigener Marke ohne Risiko Bücher zu verlegen.

Alle Informationen im Internet: **www.tredition.de/fuer-verlage**

tredition wurde mit mehreren Innovationspreisen ausgezeichnet, u. a. mit dem Webfuture Award und dem Innovationspreis der Buch Digitale.

tredition ist Mitglied im Börsenverein des Deutschen Buchhandels.

## Dieses Werk elektronisch lesen

Dieses Werk ist Teil der Gutenberg-DE Edition DVD. Diese enthält das komplette Archiv des Projekt Gutenberg-DE. Die DVD ist im Internet erhältlich auf **http://gutenbergshop.abc.de**

Zeitfracht Medien GmbH
Ferdinand-Jühlke-Straße 7
99095 Erfurt, Deutschland
produktsicherheit@kolibri360.de